週に一度クラスメイトを買う話5
〜ふたりの秘密は一つ屋根の下〜

羽田宇佐

JN166868

ファンタジア文庫

3446

口絵・本文イラスト　U35

週に一度クラスメイトを買う話5

～ふたりの秘密は一つ屋根の下～

羽田宇佐
USA HANEDA
イラスト／U35

宮城志緒理
みやぎ・しおり
あまり自分のことを話さず、友達も少ない大人しめな女子大生。母親がおらず、父親が滅多に帰ってこない家に住んでいたが、大学進学を機に仙台とルームシェアを始めた。寂しがり屋。

characters
登場人物

仙台葉月《せんだい・はづき》

容姿端麗で、世渡り上手な女子大生。宮城の前でだけ素の自分を吐露できていたはずが、徐々に彼女への想いが強くなっていったことから、逆に素直になれなくなっている。

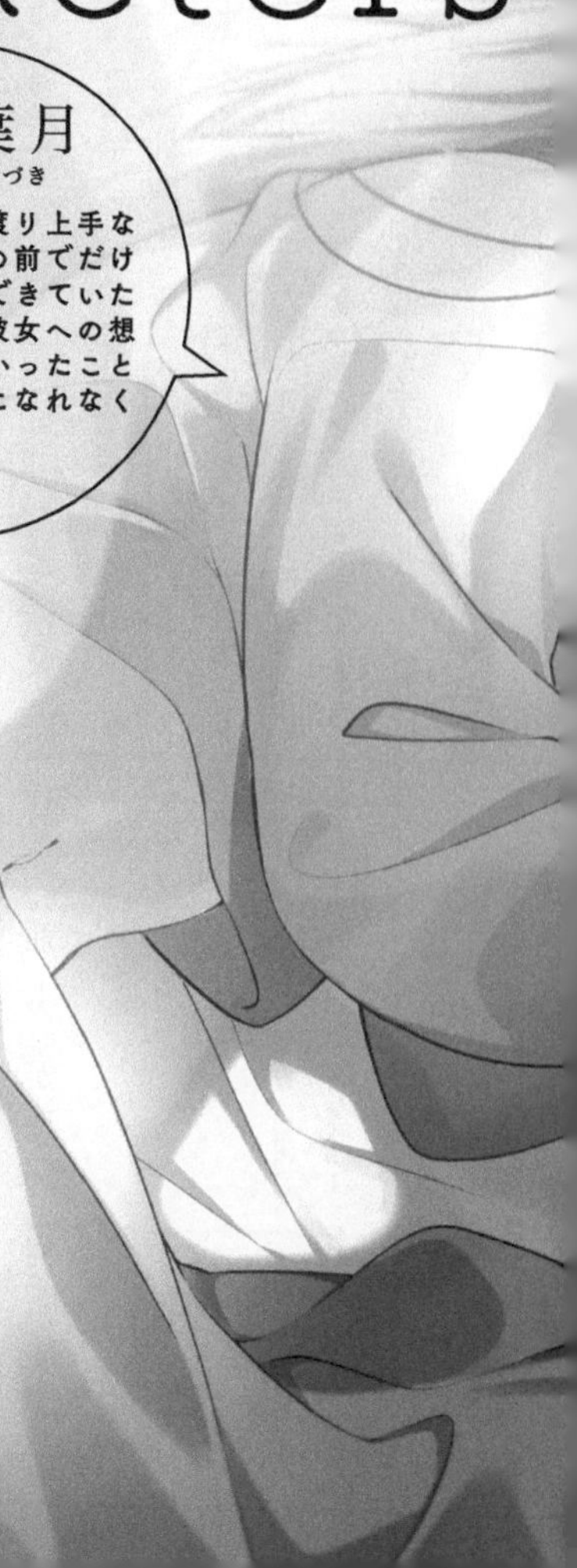

story
これまでのお話

カースト上位・仙台と、大人しめな女子・宮城。ふたりはある出来事をきっかけに、週に一度五千円で仙台が宮城の命令を聞くという秘密の関係を持った。命令を重ねるごとに少しずつ変わっていく想いとルール。ついには“卒業まで”という期限も撤回され、大学進学を機にふたりはルームシェアを開始することに。新たな日常に、五千円という言い訳はもう存在しない。

第1話　私と宮城《みやぎ》にあった当たり前

春になって、引っ越しも終わって。

大学生になり、私は宮城から五千円をもらわない日々を過ごしている。

当たり前のように私たちの間に存在していた五千円がなくなった毎日は新鮮だ。朝起きれば宮城がいるし、おはようと言えばおはようと返ってくる。それは卒業式の日に決めた通り、私と宮城がルームシェアをしているということで、通う大学が違っても同じ場所で暮らしているということだ。

今度の期限は四年間。

大学を卒業するまで、私たちは一緒に暮らす。

これまで過ごした時間よりも長い時間を宮城と過ごすことになるが、聞こえているはずの私の声に反応しない家族と住んでいたときよりも、人間らしい生活を送れると思う。

けれど、私は宮城と上手《うま》く暮らせているわけではない。

問題がいくつもあって、でも、宮城がそれを解決させてくれない。

私は、シンクの下からミルクパンを引っ張り出す。少し迷ってから、二人分の紅茶を淹《い》れることができるくらいの水を入れて火にかける。

共用スペースとして使っているこのダイニングキッチンには、電気ケトルもやかんもない。

必要なものは全部持ってきたし、足りないものは買って揃《そろ》えた。

そう思っていたけれど、生活を始めてみると足りないものがいくつもあった。電気ケトルもその一つで、買いに行きたいと思っている。でも、宮城のせいで買いに行けずにいる。

ため息を一つつくと、足音が聞こえて振り返る。

部屋から出てきた眠そうな顔をした宮城が見えて、私は声をかけた。

「おはよ」

「……おはよ」

「紅茶飲む？」

「いらない」

「今日、お昼どうするの？」

デニムパンツにパーカー。

いつもとそう変わらない服装の宮城に問いかけると、聞かれたいことではなかったようで彼女の眉間に皺《しわ》が寄る。

おはようと挨拶したものの、あと一時間もすれば十二時になる。土曜の朝だから起きる時間が遅くても問題は無いし、宮城の生活サイクルにどこまで口を出していいのかもわからないが、一緒に生活をしているのだから食事をするのかどうかくらいは聞いてもいいと思う。

「適当に食べる」

宮城があからさまに不機嫌な声で答える。

「せっかくだし、一緒に食べない？　紅茶飲んだら作るし」

食器棚の中からマグカップを取り出しながら尋ねる。

「……舞香《まいか》と約束あるから」

また宇都宮《うつのみや》かと思う。

あまりいい気はしない。宮城は、ここに来てから必要以上に宇都宮と会っているような気がする。

「で、お昼は？」

「急いでるから」

答えにならない答えが返ってくる。

おかげで私は、彼女の言う〝適当〟がなにを指しているのかわからない。

宇都宮と外で適当に食べるのか、遅刻しそうだから適当に食べてここを出るのか。

それとももっと別の適当に食べるなのか。

宮城の言葉からは、正解を見つけることができない。かといって、追及してもはっきりした答えをくれそうにない。

「そっか」

曖昧な言葉を返すと、宮城が洗面室に消える。

どうやら昼食はここではないどこかで適当に食べるらしく、私は出したばかりのマグカップを食器棚に戻す。

ここに来てからずっとこうだ。

宮城は多くを語らない。

昔に戻ったみたいだと思う。

宮城の部屋に行き始めたばかりの頃、宮城はあまり喋《しゃべ》らなかったし、私は彼女が作る沈黙が苦手だった。今もそれに近い空気がある。

お互い、まだ新しい生活に馴染《なじ》めていない。

私たちの間にずっとあった五千円がなくなったことでルームメイトという関係を得たけ

れど、その関係に相応《ふさわ》しい形がわからずにいる。卒業式までは側《そば》にいることが当たり前だったのに、今は近すぎると感じる。でも、離れると遠すぎて落ち着かない。

私はミルクパンのお湯を捨てる。

宮城と一緒に住む。

それが楽しいことばかりではないことはわかっていたが、ここまで難しいことだとは思わなかった。

卵と牛乳を用意して、ボウルを出す。

卵はボウルに割り入れ、砂糖と一緒に混ぜて、牛乳も加えてさらによく混ぜる。食パンは包丁で切るべきだけれど、今日は手で四つにちぎってボウルに放り込む。卵液にひたひたに浸った食パンを見ていると、宮城が洗面室から戻って来る。

宮城。

そんな短い言葉をかける間もなく、彼女は自分の部屋に戻ってしまう。

私は、お昼には少し早いけれどフレンチトーストを焼くことにして、フライパンを温めてバターを溶かす。

キッチンは宮城の家に比べたら狭い。

けれど、宮城の家と同じくらい使いやすくて、でも、居心地が悪い。

この家は、まだ私の家になっていない。

卵液に浸した食パンをフライパンに並べて、じっと見る。

朝起きても、大学から帰ってきても、眠る前も、この家には宮城がいる。自分の部屋に入れば一人だけれど、壁一枚向こうにはほぼ必ず宮城がいる。

そういうことに、ほんの少しの緊張がつきまとっている。

たぶん、宮城も同じだ。

ここが居心地の悪い空間で、まだ自分の家になっていない。

彼女が入るはずだった寮よりはマシなはずだけれど。

私は、ふう、と息を吐き出して、ガスコンロの火を止める。食器棚からお皿を一枚出して、できあがったフレンチトーストをのせてテーブルに運ぶ。そして、冷蔵庫を開ける。オレンジジュースに手を伸ばしかけて、サイダーを出す。グラスに注いで、フレンチトーストの隣に置く。フォークを持ってきて椅子に座ると、ドアが開く音がした。

「仙台《せんだい》さん、出かけてくるから」

声が聞こえて、視線をフレンチトーストから宮城に移す。

「帰ってきたら時間ある？」

何時に帰ってくるのか知りたいけれど、まるで宮城の行動を二十四時間把握したいみたいで聞きにくい。

「わかんない」

宮城が素っ気なく答えて、私がなにか言う前に玄関へ向かう。

端的に言えば、逃げて行く。

私は、宮城がいつも飲んでいるサイダーを飲む。

やっぱり美味《おい》しくない。

口の中で炭酸がしゅわしゅわと弾《はじ》ける感覚と、胃を内側から押し広げるような感覚が苦手だ。宮城は好んで飲んでいるけれど、私にとってサイダーは甘いかどうかすら不確かなもので、彼女のように好んで飲みたいものにはならない。

私は、のろのろとフレンチトーストを口に運ぶ。

こっちは甘い中にも、バターや卵の美味しさが感じられる。

ふわふわしっとりしたパンは、胃を落ち着かせてくれる。

半分ほど食べて、サイダーを飲む。

大学は始まったばかりで、まだ履修登録が済んでない。

どんな講義を選んで、どんなスケジュールで大学生活を送るのか。宮城とそういう話もしたいけれど、逃げられてばかりだ。彼女には過去に何度も逃げられているが、この狭い空間でそれをされるとさすがに傷つく。

ここにある共同で使うはずのそれほど大きくないテーブルと二脚の椅子も、私専用と言ってもいいものになっている。宮城が向かい側に座った記憶がほとんどない。

去年の夏は、フレンチトーストを一緒に作って食べたのに。

ため息を一つついて、残りのフレンチトーストを胃に押し込む。

テーブルの上に置かれているティッシュの箱からふわふわとした紙を一枚引き抜き、口を拭う。

ティッシュの箱には、カバーをつけていない。

宮城はティッシュにワニのカバーをつけていたから、一緒に共用スペース用のカバーを買いに行ってもいいと思う。もちろん、電気ケトルだって買いに行きたい。まとめて買い出しに行けば、暮らしやすくなるはずだ。

でも、私は宮城がティッシュの箱にカバーをつけたいと思っているのかわからないし、電気ケトルが必要だと思っているのかもわからないままだ。それもこれも、二人で話をする時間がなさ過ぎるせいだ。

そして、私は高校生だった宮城の部屋にあったものたちがどうなっているのかも知らない。

ワニのティッシュカバーが、彼女と一緒に引っ越してきたのか。

私がクリスマスにプレゼントした黒猫のぬいぐるみが、彼女の本棚に飾られているのか。

そんな簡単なことすら知らずにいるのは、私がまだ宮城《みやぎ》の部屋に入ったことがないからだ。一緒に住んでいるはずなのに、今の私には宮城の部屋が遠すぎる。

はあ、と肺の中の空気を吐き出す。

首筋から胸元へと手を滑らせる。

卒業式の日に宮城が返せと言って、最後には私の元へと戻ってきたペンダントは、もらってからずっと私のこの場所にあったけれど、ここへ来てからは宮城がつけなくていいと言うからつけていない。

私が望んだ通り彼女との関係は続いているし、家族がいる家にいるときよりも人間らしい生活を送っているのだから、それだけで満足するべきなのだろうとは思う。でも、できることなら高校時代のように、閉じられているドアを開けて宮城の部屋に入ってしまいたい。あの頃のように宮城の隣に座って、キスをして――。

「……絶対、怒るよね」

当たり前のように私たちの間に存在していた五千円がなくなった今、当たり前のように宮城していたことができなくなっている。高校時代にあったもののほとんどがなくなり、宮城の部屋へ入る権利も失われている。命令されることもなくなり、彼女に触れる権利もキスをする権利もない。

——宮城は、私とまたキスをしたいと考えたりすることがあるのだろうか。

私たちは映画を観に行った日からキスをしていない。

ずっと五千円はいらないと思っていた。

でも、今は五千円があればと思う。

新鮮な毎日は、昔に比べて過ごしにくい。

足りないものが多すぎる。

その最たるものが〝会話〟で、私は宮城ともっと話がしたいと思っている。

いや、話をしなければいけない。

たぶん、このままの距離感では一緒に暮らしてはいけない。

遅かれ早かれ破綻する。

宮城と一緒に住むことが難しいことだなんて、住む前からわかっていたことだ。宮城にここへ来ることを強引に選ばせたのだから、私にはそれなりの責任があって今の空気を変えなければならない。

距離感がわからないのなら、距離を測るものを用意すればいい。

私たちの新しい距離を見つけるための定規。

そんなものがあれば、お互いがお互いでいられる距離を見つけることができる。干渉しすぎずに適切な距離で暮らすことができるはずだ。

初めて宮城の家へ行ったとき、二人で〝ルール〟を作った。

あのときと同じように定規になる〝ルール〟をもう一度作れば、この生活がもっと快適なものになる。

私は顔を上げて、テーブルの端に置いていたスマホを手に取る。そして、どこにいるのかよくわからない宮城にメッセージを送る。

『夕飯、食べないで待ってるから』

少し待つと返事が送られてくる。

『帰るの何時になるかわからない』

『待ってる。宮城が帰ってくるまでずっと』

脅迫に近いものを感じるけれど、仕方がない。

『なにか食べるもの買って帰る』

何時に帰ってくるのかは送られてこないけれど、食べるものを買って帰ってくるのならお腹《なか》が空《す》く頃には家にいるはずだ。私は『待ってる』と送って、フレンチトーストがのっていたお皿とグラスを片付けた。

◇◇◇

「なんか、多すぎない？」

私は少し大きめの袋を共用スペースのテーブルへ置き、宮城を見る。

帰るの何時になるかわからない、とメッセージを送ってきた彼女は思ったよりも早く帰ってきた。

それはいい。

できれば早く帰ってきてほしかったし、夕飯を食べるような時間に帰ってきてくれたことはありがたい。でも、さっき宮城から「はい」と渡された袋には二人で食べるには多すぎるパンが入っていた。

「そのお店のパン、舞香《まいか》が美味しいって言ってたから多めに買った」

彼女が言った〝舞香〟は宇都宮《うつのみや》のことで、聞こえてくるとは思わなかった名前が聞こえてこめかみの辺りがぴくりと動く。

宮城は〝なにか食べるもの買って帰る〟という約束を守ってくれたし、私はその〝なにか〟を指定したりはしなかった。だから、渡された袋の中に宇都宮が美味しいと言っていたパンが入っていても問題はないが、今はその名前を聞きたくなかった。

「パンは朝か昼に食べる物で、夜に食べる物じゃないよね。あと私、お昼にパン食べた」

数歩先で愛想《あいそ》の欠片《かけら》もない顔をしている宮城に、言い掛かりとしか言えない言葉をぶつける。

「じゃあ、食べなければいいじゃん」

宮城が低い声で言って、そう広くもないダイニングキッチンに不穏な空気が漂う。

こういう話をしたかったわけではない。

私がお昼にフレンチトーストを作って食べたなんて、出かけることに注力していた宮城は気がつかなかっただろうし、パンに罪はない。もちろん、宇都宮が悪いわけでもない。

悪いのは私の機嫌で、このままでは話し合いにならないと思う。

落ち着け。

自分に言い聞かせる。

「食べないなんて言ってないでしょ。飲み物出すから待ってて。宮城はサイダーでいいよね？」

私は返事を待たずに冷蔵庫の前へ行く。

中からオレンジジュースとサイダーを取り出して、グラスに注ぐ。パンは袋から出して
そのまま齧《かじ》ってもいいけれど、それでは夕飯という感じがしない。私は食器棚からお皿を
二枚出して、宮城に渡す。グラスを運んで椅子に座ると、宮城も私の向かい側に座った。

「仙台《せんだい》さん、好きなの選んでいいよ」

「宮城が先に選びなよ」

「お昼もパン食べたんでしょ。それとは違うパン食べれば」

先に選ぶよりも後から選びたいが、このまま譲り合っていても埒《らち》が明かない。大事なことはどんなパンを食べるかではなく、宮城と話をすることだ。

「じゃあ、先に選ぶね」

私は袋の中からハムとチーズが入ったクロワッサンとコロッケパンを出して、お皿にのせる。そして、「宮城は？」と尋ねると、じっとこちらを見ていた彼女はポテトサラダが入ったパンとウインナーロールをお皿にのせた。

「いただきます」

声を合わせたわけではないけれど、声が重なる。

お皿の上からクロワッサンを取って、一口齧る。

外はサクサク、中はふわふわでもちもち。

ハムとチーズも少なすぎず多すぎない量が入っている。

美味《おい》しいパンのはずだけれど、今日は味を楽しむ余裕がない。

「宮城。宇都宮には私と住んでること言ったの？」

いきなり本題に入るよりはと、ずっと気になっていたことの一つを口にする。

「言った」

「なにか言ってた？」

「別になにも」

素っ気なく言って、宮城がポテトサラダが入ったパンを齧る。

「絶対に私のこと話してないでしょ」

私と宮城の関係を気にしていた宇都宮が、この生活のことを知ってなにも言わないわけがない。

「話した」

宮城がむしゃむしゃとパンを食べる。

視線はお皿に固定されていて、私のことは見ようともしない。

どう考えても宇都宮に私とのことを話しているとは思えない。けれど、本当に宇都宮にルームシェアのことを話したのかと問いただすことにも、宇都宮にこの状況をどう説明したのかと問い詰めることにも意味はない。追及したところで宮城は本当のことを話さないだろうし、本当のことを知らなくても私は困らない。ちょっとした好奇心が満たされるだけだ。

「……今日、仙台さんが私のこと待ってたのって、それが聞きたかったから?」

宮城が視線を上げずに聞いてくる。

私はクロワッサンを齧ってのみ込んでから、口を開く。

「宇都宮の話は前置きで、これから本題。今からルール決めようよ」

私の声に宮城が顔を上げる。

「ルール?」

「そ、二人で住むためのルール。なにか決まりがあったほうが暮らしやすいでしょ」

「仙台さんが決めていいよ。後から私に教えて」

面倒くさそうに宮城が言って、お皿の上にウインナーロールを残したまま立ち上がる。

こういう反応は、想定の範囲内だ。

夕飯すら一緒に食べてくれないかもしれないと思っていたから、向かい側に座ってパンを齧ってくれただけで宮城を褒めたたえたいくらいの気持ちになっている。でも、ここで逃げられたらまた同じ生活を繰り返すことになる。

「私が決めていいんだ？　じゃあ、毎日キスするってルール作っても文句言わない？」

私はオレンジジュースを飲んで、グラスをテーブルの上に戻す。

「文句言うに決まってるじゃん」

「じゃあ、話し合いに参加しなよ」

「……ルールって、たとえばどんなの？」

宮城《みやぎ》が椅子に座り直して私を見る。

「ゴミ捨てとか掃除の当番とか。そういう感じのことかな」

本当は今までのようにキスをしていいのかだとか、体に触れていいのかだとか。そういうことを知りたい。五千円が存在しない毎日は新鮮だが、宮城の部屋であったすべてが五千円とともになくなってしまったような生活には不満がある。

でも、たぶん、まだそういうことは口にしないほうがいい。

今の私たちは、ごく普通の生活に慣れる必要がある。

ルームシェアをする上で必要なルールを決めて、ルームメイトとして毎日を過ごせるようにならなければ息苦しい。

「じゃあ、部屋には勝手に入らないっていうルールがほしい」

宮城がぼそりと言って、ぱくりとウインナーロールを齧る。

「今も勝手に部屋に入ったりしてないけど、そういうルールにしておいたほうがいいだろうね。ほかにほしいルールある？」

「ほか？　ほかには……」

宮城が独り言のように呟《つぶや》く。

考え込んだ彼女に私のほうからいくつかルールを提案すると、宮城からも意見らしきものが出てくる。

友だちは呼んでもいいけれど、泊めたりはしない。

外泊をするときは連絡をする。

そういう必要そうなことから必要なのかよくわからないルールまで決めていると、それほど長くはないけれど短くもない時間が過ぎていて、宮城が少し疲れた声で言った。

「これ以上ルールいらないよね？」

聞こえてきた声に、私はオレンジジュースを一口飲む。

「週に一度くらいさ、一緒にご飯食べるっていうのは？」

なるべくさりげなく尋ねて、宮城を見る。

「一度でいいの？」

「いいよ」

「それくらいならいいけど……」

言葉がそこで句切られる。

けれど、宮城はなにか言いたげで、私は「けど？」と問いかけた。

「泊まるときだけじゃなくて、帰りが遅くなるときも教えてよ。……そうしたらほかの日にも一緒にご飯食べられるし、前も一緒に食べてたじゃん」

ぼそぼそと、でも、早口で宮城が言う。

「週に一度じゃなくてもいいんだ？　一緒に食べるの」

「仙台さんが嫌なら食べない」

「それルールにするから、時間が合う日は一緒に食べようよ。だから、宮城も遅くなるとき教えて」

うん、と小さな声が返ってくる。

宮城から、週に一度だけではなくもっと一緒にご飯を食べたいというようなことを言われるとは思っていなかった。些細《ささい》なことだけれど、新しくなった生活の中でも〝ご飯を一緒に食べる〟という以前と変わらないことを求めてくれることにほっとする。

「じゃあ、宮城。ルール破ったら罰ゲームね」

宮城がルールを守らないとは思わないが、ルールを破りにくくするための項目を設けておく。

作ったルールのほとんどは、破られても困らない。

でも、最後に作った〝時間が合う日は一緒にご飯を食べる〟というルールはたわいもないものだけれど守ってほしいルールで、宮城も同じ気持ちだったらいいと思う。

「罰ゲームってなにするの？」

「そうだなー。相手のいうことを一つきくっていうのは？」

罰ゲームの内容はなんでもいいが、あまりにも簡単なことだと罰ゲームの意味がない。ある程度、面倒なことである必要がある。

「それでいいけど、忘れないでよ。ルール破るの、仙台さんだから」

宮城が失礼なことを言って、じっと私を見る。

まあ、信用ないよね。

過去にしたことを振り返れば、彼女の言葉も納得できる。だが、素直にルールを破ると認めるわけにもいかない。

「破らないから大丈夫」

断言して、残り少なくなっていたクロワッサンを一口で片付ける。ハムとチーズが混ざり合って胃の中に落ちていき、コロッケパンに手を伸ばす。

「ねえ、仙台さん」

「なに？」

コロッケパンを齧って、宮城を見る。

「一緒に食べるときって、ご飯誰が作るの？」

「一緒に食べるんだから、一緒に作るの」

当たり前のように答えると、宮城が酷《ひど》く面倒くさそうな顔をした。私は、やっぱり一緒にご飯は食べない、と宮城が言い出したりしないように話題を変える。

「そうだ、宮城。電気ケトルほしいんだけど、買ってもいい？」

「それ、私に言う必要ないじゃん。勝手に買えば」

「勝手に買うわけにはいかないでしょ。共同で使うものだし」

「じゃあ、買うしかないじゃん。お金なら出すし」

「出さなくていい。二人で使うものだから、あのお金で買う」

私の言葉に、宮城が眉間に皺《しわ》を寄せる。

「あのお金、仙台さんのお金だから」

「二人のお金だから」

「仙台さんにあげたヤツじゃん」

〝あのお金〟というのは、私の貯金箱に入っていたお金のことだ。命令をきく対価として宮城から渡されていた五千円札が貯《た》まったものだから、彼女の言葉は間違っていない。

全部ではないけれど、〝あのお金〟はこの部屋を契約するときに使った。でも、引っ越しをする前に、使った分が宮城の親から戻ってきた。

よく考えるまでもなく、当たり前の話だ。

寮に入ると言っていた娘からルームシェアをすることになったという話を聞いて、宮城の親が一円も出さないわけがない。契約に関わるお金の半分がしっかり戻されて、私が使ったお金は補塡された。

けれど、私はそれを私のために使いたいとは思わない。

けれど、宮城に返すと言っても受け取るわけがない。

結果、あれは二人のために使う〝共用のお金〟として私が保管している。

もちろん、宮城は納得していないけれど。

「まあ、どっちのお金でもいいけどさ。電気ケトル、一緒に買いに行こうよ」

言い争っても答えが出ない問題は放り投げて、電気ケトルの話に戻す。

「やだって言ったら？」

「宮城がこれからずっと、私のためにミルクパンでお湯を沸かすことになる」

にこりと笑って見せると、宮城が苦虫を噛《か》み潰したような顔をした。

「……買いに行くのって、いつ？」

「明日。宇都宮《うつのみや》と約束ある？」

来週なんて言っていたら、今日決めたことが無駄になりそうで約束を先延ばしにはしたくない。

「……ないし、いいよ」

宮城がぼそりと言って、ウインナーロールの残りを食べる。

「ねえ、宮城。明日、スカートはいたら」

ぎこちなさは残っているけれど、少し和らいだ空気にくだらないことを口にする。

「やだ」

「即答過ぎない？」

「スカートはく理由ないじゃん」

「私が宮城の足、好きだから」

ここに来てから、スカートをはいた宮城を見ていない。私だって制服を着ていた頃とは違って毎日スカートをはいているわけではないし、今日だってはいていないけれど、久しぶりに宮城の足を見たいと思う。宮城のあの部屋でそう短くはない時間を制服で過ごしたせいか、スカートをはいている宮城のほうが馴染《なじ》みがある。

「絶対にはかない」

「言うと思った」

「……そんなに見たいの？」

「見せてくれるなら」

今、本人には言えないし、言うつもりもないが、本当は宮城の足に触りたい。いや、足ではなくても高校生だった頃のように当たり前のように宮城に触れたい。命令されなくなったことを惜しいと思うくらいの気持ちになっている。

「仙台《せんだい》さんの変態」

そう言われると思っていた。

でも、そういうことを言う宮城のほうがいいと思った。

第2話　仙台さんが守るべきルール

目覚ましはかけずに寝た。

でも、六時過ぎなんて日曜の朝にしては早い時間に目が覚めた。

「……眠い」

私は、枕の横で転がっている黒猫のぬいぐるみを布団《ふとん》の中に引っ張り込んで胸の上に置く。頭を撫《な》でて、目を閉じる。

夜はきちんと眠くなる。

でも、よく眠れないし、朝はやけに早く目が覚める。

ここに来てからずっとこんな調子で、頭がすっきりしない。

それもこれも仙台さんのせいだ。

――と言えたら良かったけれど、原因は私にあるのだと思う。

家の中にいつも人がいることに慣れない。

朝起きれば仙台さんがいるし、大学から帰ってきても仙台さんがいる。休みの日だっている。家に誰もいないことが当たり前だったから、常に人の気配がするここは他人の家のようで落ち着かない。それでも前の部屋から持ってきたものが近くにあるとよく眠れそうな気がして、ここに来てからも黒猫を枕元に置いている。

大きく息を吐いて、目を開ける。

今日は予定がある。

昨日、するつもりがなかった約束をしてしまったせいで、仙台さんと一緒に電気ケトルを買いに行くことになってしまった。眠る前も今も気が乗らない。この部屋にすら馴染んでいない私には、仙台さんと出かけることがとてつもなく大変なことに思える。

はあ、ともう一度大きく息を吐いて、視線を下にやる。

床の上には、背中からティッシュを生やしたワニがいる。

小さなことだけれど、あるべき場所にあるべきものがあると、ここが私の居場所だと感じられる。

早くこの部屋が自分の部屋になればいいと思う。

私は黒猫を枕の横へ置き、のろのろと起き上がってクローゼットを開ける。

朝はいつも迷う。

パジャマの代わりにしているスウェットのままこの部屋を出ていいのか、着替えてからのほうがいいのかわからない。ここに来る前は朝起きたらスウェットのままご飯を食べたり、歯を磨いたりしていた。でも、今は仙台さんがいるから、スウェットでふらふらすることに抵抗がある。

たぶん、仙台さんはまだ寝ている。

どうしよう。

少し考えてから、カットソーとデニムのパンツを引っ張り出して着替える。ベッドを整えて部屋を出ようとして、私は枕の横にいる黒猫を手に取った。

部屋には勝手に入らない。

昨日そう決めたけれど、仙台さんはルールを破ることがある。

私はなにがあってもいいように、黒猫を本棚に置く。ぬいぐるみなんてどこにあってもいいものだと思うけれど、枕元に黒猫を置いていると仙台さんが知ったらなにか言ってきそうで嫌だ。

定位置から移動させた黒猫。

床にいるワニ。

整えたベッド。

確認してから、部屋を出る。

共用スペースであるダイニングキッチンに仙台さんの姿はない。

歯を磨いて顔を洗ってから戻っても、仙台さんはいなかった。冷蔵庫を開けて、少し迷ってからオレンジジュースを出す。グラスに注いで、テーブルの上を見る。

パンの残りが入った袋が一つ。

私はグラスを袋の隣に置く。

仙台さんの好みがわからなかったからあれもこれもと選んだら、二人分の夕飯にしては量が多くなった。パンは嫌いじゃないけれど、買いすぎだったと思う。

「おはよ」

声とともに、起きたばかりらしい仙台さんが視界に入り込んでくる。

「おはよ」

「顔洗ってくる」

仙台さんが眠そうに言って、洗面室に消える。

私は椅子に座り、オレンジジュースを一口飲む。

時間がなかなか進まない。

つまらない授業を受けているときのように一分が長い。もう一度ベッドに入っても眠れないだろうけれど、ここにいてもすることがない。部屋に戻ろうか迷って、オレンジジュースを飲む。半分も中身が減っていないグラスを見ていると、仙台さんの声が聞こえてくる。

「朝、これでいい？」

声の方へ顔を向けると、仙台さんが私ではなくグラスを見ながらパンの袋を持ち上げた。

「いいよ」

「それにしても宮城《みやぎ》、起きるの早くない？」

「仙台さんだって早いじゃん」

「目が覚めちゃって」

大きめのスウェットにデニムパンツをはいた彼女はそう言うと、大きく伸びをして椅子に座った。視線は私のグラスに固定されていて、仕方なく尋ねる。

「ほしいの？」

「一口飲みたいだけ」

「じゃあ、飲めば」

返事を聞かずに立ち上がってグラスを仙台さんに渡すと、彼女は私を見ずに「ありがと」と言って飲みかけのオレンジジュースに口を付けた。そして、言葉通りに一口飲んで、テーブルにグラスを戻す。

朝、こういう風に仙台さんと目が合わないときがある。

私の気のせいかもしれないし、ただ仙台さんの寝起きが悪くてぼんやりしているだけなのかもしれないけれど、あまり感じが良くない。こういうときは体の奥でぎしりと骨が軋《きし》む音が聞こえる。

「仙台さん、全部飲んでよ」

「もういらない」

「残りどうするの」

「宮城が飲みなよ」

いつも通りではないけれど、なんとなく会話が続く。

昨日、ルールを決めたおかげかもしれない。

仙台さんが私の生活にぴたりとはまるようになるまでまだ時間がかかりそうだけれど、今までよりはずっといい。でも、このまま会話が続くとは思えなくて、私は空白の時間が生まれる前に会話がなくても時間が潰れる方法を口にした。

「朝ご飯食べる。仙台さんは？」

宣言すると、仙台さんが立ち上がる。

「食べる。オレンジジュース出すけど、宮城、もう少し飲む？」

「いらない。あとお皿もいらない」

「なんで？」

「洗い物増えるじゃん」

「まあ、そうだけど」

不満そうな声が聞こえてしばらくすると、仙台さんがオレンジジュースが入ったグラスを一つ持って戻ってくる。

「仙台さん、先に選んで」

私は、椅子に座った彼女に向かってパンが入った袋を押す。

「昨日、先に選んだし、宮城から選びなよ」

「いい。仙台さんが先に選んで」

「こういうのは順番でしょ」

「私は残ったパンでいい」

「んー。じゃあ、宮城が私のパン選んでよ」

仙台さんが、パンの袋を押し返してくる。

「先に選んでって言ったじゃん」

「誰が選ぼうと、先に選んだものを私が食べて、残ったパンを宮城が食べることになるんだからいいでしょ」

仙台《せんだい》さんが正しそうだけれど正しくないようなことを言って、にこりと笑う。

文句を言いたいが完全に間違っているわけでもないから、私は大人しく袋の中からあんバターサンドとくるみパンを取り出して仙台さんのほうへ押しやる。そして、残ったクリームパンとロールパンを自分の前に置く。

「いただきます」

そう言って、仙台さんがくるみパンを齧《かじ》る。私も同じように「いただきます」と言ってから、クリームパンを齧る。

母親がいなくなってから、一人の時間のほうが長かった。

今は仙台さんが誰よりも長く私と一緒にいる。

――五千円を払っていないにもかかわらず。

私はもう一口クリームパンを齧って、仙台さんを見る。

これまでとは関係が変わった。

それは理解している。

仙台さんがルームメイトという関係を用意して、私はそれを受け入れた。でも、新しい関係になった今も、仙台さんが使いもしない五千円のために私の命令をきいていた理由が気になっている。

私にとって五千円は仙台さんを手元に置いておくために必要なもので、なくしてしまうわけにはいかないものだった。仙台さんにとっての五千円は、仕方なく命令をきくご褒美《ほうび》でなければいけなかった。使わずに貯《た》めておいていいものじゃない。

ため息が出そうになって、オレンジジュースを飲む。

私は仙台さんをもう一度見る。

視線の先、彼女は静かにパンを食べている。

喋《しゃべ》ろうとはしない。

話がしたいわけではないから困らないけれど、黙って向かい側にいられると気にしないほうがいいことが気になってくる。

もしも、私が五千円を渡さなかったら、仙台さんはどうしていたのだろう。

五千円を使わずに貯めていた彼女は、五千円がなくても私と同じ時間を過ごしてくれたのか。

命令をさせてくれたのか。

今となってはわからない。

たくさんの〝どうして〟を解決しようとすると、頭の中がざわざわして落ち着かない。

けれど、〝どうして〟を解決することは、今の関係を変えることに繋《つな》がってしまいそうな気がする。

「宮城。それ美味《おい》しくないなら、こっちと変えてあげようか？」

黙り続けていた仙台さんがそう言ってあんバターサンドを手に取り、私は半分も食べていないクリームパンを齧った。

「変えなくていい。眠くてぼーっとしてただけだから」

「そっか。今日のお昼だけど、外でいい？」

そう言うと、仙台さんがくるみパンの残りを一口で平らげる。

「それでいいよ。これ食べたら、時間まで部屋にいるから」

「わかった」

ぽつりぽつりとたいしたことのない話をしながら、パンを食べる。私たちにはもともと共通の話題がないが、今までは会話が途切れても気にならなかった。でも、ここに来てからは沈黙が重い。なんとか話題を探しながら会話を繋げて、残っていたオレンジジュースとパンをすべて胃の中に押し込む。

「仙台さん。ここ出るの何時？」

「十二時だとお腹空《なかす》きそうだし、十一時頃にしよっか」

「わかった。十一時ね」

仙台さんにそう告げて部屋へ戻る。

ベッドに寝転がったり、漫画を読んだりして時間を潰す。

居心地が悪いけれど、部屋を出たくない。共用スペースで仙台さんと顔をあわせるようなことになったら、もっと居心地が悪くなる。

時間を消費することだけを考えて部屋にこもっていると、約束の時間が近くなる。

私はクローゼットを開けて、春色のスカートを見る。

卒業式の後に買ってから一度もはいていないそれを手に取って出してみる。

ベッドの上に置いて、考える。

このスカートをはいて部屋から出たら、仙台さんに言われたからはいたと思われる。たまたまクローゼットの中にあったスカートが目に入って、たまたまはいただけでも、仙台さんのためにはいたみたいになる。

たっぷりあった時間はなくなって、もう十一時が近い。

私はスカートをクローゼットに戻して、ニットを出す。

カットソーの上からそれを着て部屋を出る。

「用意できた？」

私を待っていたらしい仙台さんに声をかけられ、「できた」と答える。彼女がさっき着ていた大きめのスウェットはブラウスに変わり、デニムパンツはスカートに変わっている。

「じゃあ、行こうか」

仙台さんは、私がスカートをはいていなくてもなにも言わない。

明日、スカートはいたら。

こんな言葉は気まぐれで言っただけだとわかっている。昨日、なんとなく口から滑り出ただけのもので、スカートをはいている私を見たいなんて本気じゃない。

仙台さんが鞄《かばん》を持って玄関へ向かう。

私は彼女の後を追いかけ、二人で靴を履いて外へ出る。

三階から階段を下りて、いつも一人で歩いている歩道を二人で歩く。

仙台さんとは並ばない。

迷うことなく歩く彼女の少し後をついていく。

車が走る音。

はしゃぐ子どもの声。

四月の冷たくも温かくもない風。

いつもと同じものがどことなく違って引き返したくなるけれど、機械的に足を前へと動かす。

目的地は聞いている。

でも、家の周りと大学の周りのことくらいしかわからない私は、それがどこにあるのかはよくわからない。仙台さんの少し後ろという位置をキープしたまま、いくつか角を曲がって電車に乗る。立ち位置は変えたくなかったけれど、電車の中はそれなりに混んでいて、仙台さんの隣に立つ。

窓の外は、今日も見慣れない景色が流れている。

居場所がない。

引っ越してきてから私はずっとよそ者で、仙台さんといる今日もそれは変わらない。どれくらいの時間が経《た》てば流れる景色が私のものになって、あの家が私の家になるのかわからない。仙台さんが悪いわけではないけれど、私は未《いま》だに新しい環境に溶け込めずにいる。憂鬱になってもなにも解決しないが、憂鬱になる。このままだと目的地に着くより先に電車を降りてしまいそうで、視線を仙台さんに移す。

「なに？」

私の視線に気がついたらしい仙台さんがこちらを見ずに言う。

「別に、なにも」

「もう疲れたとか？」

「疲れてない」

素っ気なく言うと、会話が途切れる。

仙台さんの視線が窓の外に向かう。

しばらくすると流れていた景色が止まって、ドアが開く。

ざわざわとした車内がさらに騒がしくなる。

人が降りて乗ってドアが閉まると、仙台さんが「ねえ、宮城《みやぎ》」と静かな声で私を呼んだ。

「朝オレンジジュース飲んでたの、なんで？」

電車が走りだして、スピードを上げる。

私も仙台さんと同じように窓の外を見る。

「なんとなく」

「ふうん。じゃあ、私から逃げ回ってた理由は？」

一定の速度で変わっていく景色と同じように、会話が滑らかに流れて違う場所に着地する。

「じゃあ、ってオレンジジュースと全然関係ないじゃん」

私は、あまりにも自然にすり替わった話題に文句を言う。

「いいから答えなよ」

いつもと変わらないふわりと軽い声が聞こえてくる。

窓の外に固定していた視線を仙台さんに向けると、声とは裏腹にやけに真剣な表情をした横顔が見えて、適当に答えるわけにはいかなくなってしまう。

「……どうしていいかわからなかったから」

「やっぱり」

「だって、仙台さんずっと家にいるんだもん」

本人に言うべきではないと思っていたけれど、誤魔化す雰囲気でもなくて仕方なく本当のことを告げる。

「そりゃあ、一緒に住んでるんだし。いないほうがいいって言われても困るんだけど」

「いないほうがいいとは言ってない」

「私に慣れてよ。あと避けられると傷つく」

仙台さんの視線が窓の外から私に向く。

「――ごめん」

避けたくて避けていたわけじゃないけれど、悪いとは思っていたから謝っておく。

ただ、仙台さんだって私を避けているときがある。今朝のように目を合わせてくれないときがあるのだから、私ばかりが悪いわけではないと思うが、彼女は私ほどあからさまに避けてはいないから文句を言いにくい。

「家にいないときって、宇都宮《うつのみや》と会ってたんでしょ？」

探るような声で仙台《せんだい》さんが言う。

「そうだけど」

「いつもどこ行ってるの？」

舞香《まいか》と約束があるから。

家にいない理由として毎回のように仙台さんにそう告げてきたけれど、どこに行っていたのか聞かれても困る。

「どこって聞かれても、わざわざ言うようなところじゃない」

「それじゃわからない」

「……その辺」

「その辺がどこか聞いてるんだけど」

「よくわかんないから舞香に任せてる」

「任せっぱなしにしてるにしても、どこかには行くでしょ」

「たいしたところには行ってないし」

舞香とは特に変わった場所には行っていないから、嘘《うそ》は言っていない。でも、すべてが正しいわけでもなかった。

仙台さんに告げた半分近くは舞香と会っていない。本屋に行ったり、カフェに行ったりして一人で時間を潰していた。どこへ行っていたか詳しく答えると、舞香に会っていなかったことがバレてしまいそうな気がする。

「まあ、いいけど」

私の答えに納得しているような声には聞こえないが、仙台さんはそれ以上追及してこない。私は彼女が諦めてくれたことにほっとする。けれど、黙られてしまうと仙台さんの興味がどこにあったのかわからなくなる。

舞香だったのか、行った場所だったのか、それとも私だったのか。

仙台さんが本当に聞きたかったことがなんだったのか気になるけれど、電車が揺れて景色が流れる速度が落ちる。

「降りるよ」

仙台さんの声が聞こえてきて、思考が途切れる。

電車を降りて軽くお昼を食べてから、目的地まで歩いて向かう。

買いたいものは電気ケトル一つだけなのに、随分と時間がかかる。

急いで買わなければ生活できないという類いのものではないから、通販でも良かったはずだ。なんなら、家の近くで買うこともできた。電車に乗って、お昼を一緒に食べて、さらに歩かなければならないような場所まで来て買うようなものじゃない。

「宮城、ここだから」

なにか喋《しゃべ》るわけでもなく歩いていた仙台さんが言い、家電どころかちょっとしたものならなんでも揃《そろ》いそうな目的地に辿《たど》り着く。

仙台さんがエスカレーターに乗り、私は彼女の一段下に乗る。

同じだけれど、同じじゃない。

目に映る長い髪は、一緒に暮らすようになってから編んだり編まなかったりしているけれど、今日は高校生だった彼女がしていたように両サイドを編んで後ろで留めている。ここからは見えないが、朝起きてきたときはしていなかったメイクも今はしている。

制服ではないという点を除けば高校のときとあまり変わらない姿をしているのに、私には仙台さんがあの頃とは違う人のように思える。

いや、正確には私があの頃と同じように仙台さんを見ていない。

きっと、使われていなかった五千円のせいだ。

感情の置き場が見つからない。

新しい生活も、今までとは違う仙台さんも、私の中で酷《ひど》く収まりが悪くて扱いにくいものになっている。高校生だった頃は五千円を払うという行為でなんとなく丸く収めていたけれど、五千円がなくなって丸くならなくなった感情はどこにも収まらなくなってしまった。

制服だった頃に戻れたら、なにも考えなくていいのにと思う。

朝、なにを着て部屋から出ればいいのか悩む必要がなくなる。途切れそうになる会話に不安を感じずに済む。スカートをはけなんて仙台さんが言ってくることもないし、スカートをはいていないことをなにも言ってこないなんて気にすることもない。

私は、エスカレーターを降りる。

そして、また乗って上へと向かう。

視線の先にある背中は、背筋がぴんと伸びている。

長い髪が綺麗《きれい》で触れたくなる。

思わず手を伸ばしかけて、息を吐く。

たぶん、私は疲れている。

あまりよく眠れていないから、頭が働いていない。

「宮城、こっち」

仙台さんが次のエスカレーターに乗らずに真《ま》っ直《す》ぐ歩く。後をついていくと、すぐに並んでいる電気ケトルが目に入った。仙台さんが、どれがいいかな、と呟《つぶや》きながら電気ケトルをいくつか手に取って確かめ始める。そして、私はそんな彼女を眺める。

丸っこい形のものや注ぎ口が細長いもの。

仙台さんが真剣に見ている電気ケトルは色も形も違う。機能も違うはずだけれど、お湯が沸けばどれでもいいような気がする。でも、彼女は真面目に見比べている。急《せ》かすつもりはないが、もう少し適当に選べばいいのにと思う。

「宮城はどれがいい？」

電気ケトルを映していた目が私を映す。

「どれでもいい。っていうか、調べてないの？」

「一応、良さそうなの調べてある」

「じゃあ、それでいいじゃん」

「候補二つあるから、選んでよ」

仙台さんが、こっちかこっち、と二つの電気ケトルを順番に指さした。

「私はどっちだっていいし、仙台さんの好きなほうにして」

「どっちでもいいにしても、好みくらいあるでしょ」

「特にないもん」

「だったら、これにしようかな」

そう言うと、仙台さんが大きめの電気ケトルを指さす。そして、「色は宮城が決めて。一緒に使うんだから少しは協力しなよ」と私を見た。

「好きな色も特にない」

お湯を沸かす機能に色は関係ない。

白でも黒でも赤でも好きな色にすればいいと思う。それに電気ケトルに興味がない私が選ぶよりも、ほしがっている仙台さんが好きな色を選んだほうがいい。

「……宮城。宇都宮と買い物してるときもこんな感じなの？」

仙台さんがため息交じりに言う。

「こんなって？」

「冷たい。非協力的すぎる」

責めるような口調に罪悪感が刺激される。

舞香となら、なにをするときももっと真剣に考えられる。電気ケトルならほしい機能を尋ねたり、デザインや色を選ぶことができる。というよりも、仙台さん以外とならどんなことも普通にできる。でも、相手が仙台さんだと、ほかの人と当たり前にできることが急にできなくなる。

――その代わり、ほかの人とはしないことをすることがあるけれど。

「どうしても決めたくない？」

仙台さんの声が聞こえて、私は並んだ電気ケトルをじっと見た。そして、一呼吸おいてから無難な色を口にする。

「白がいい。電気ケトルって感じだし」

「電気ケトルっていうか、家電って感じじゃない？」

「じゃあ、赤にする」

「わかった。白ね」

一致しない意見に色を変えると、仙台さんが不自然なほど明るい笑顔をつくって白い電気ケトルを手に取り、レジへ向かう。仕方なく私も彼女の後を追って、二人で会計を済ませる。

「これで買い物終わり？」

問いかけると、うん、と短い答えが返ってきて、これから来た道を戻るのだと思う。でも、仙台さんは寄りたいところがあると言って上りのエスカレーターに乗った。

「帰らないの？」

行き先は言わないけれど、行き先が決まっているとしか思えない足取りの仙台さんに尋ねる。

「ちょっと寄り道」

「ほしいものあるの？」

「ないけど、時間あるしいいでしょ」

そう言って、仙台さんが微笑《ほほえ》む。

彼女は柔らかく笑っているけれど、私の意見に耳を貸しそうにない目をしている。

私は無駄な労力を使うよりも、黙って仙台さんについていくことを選ぶ。

お昼を食べて買い物をして、ほしいものがなくてもお店を見て回る。

今日していることは仙台さんを避け続けているよりは楽しいことだと思うし、模範的な日曜日の過ごし方だとも思える。でも、これがルームメイトとして一般的な距離なのかはわからない。

「宮城《みやぎ》、ここ」

エスカレーターを降りて仙台さんに引っ張られるようにして歩くと、ぬいぐるみの山が目に入った。

「こういうの好きでしょ」

曇りのない声で仙台さんが言う。

彼女に私がどう見えているのかよくわからない。

このフロアにはぬいぐるみのほかにも小物だとかおもちゃだとかいろいろなものが置いてあるのに、当たり前のようにぬいぐるみの山の前へ私を連れて行き、こういうものが好きだと決めつけられると、仙台《せんだい》さんの中の私がどんな人間なのか尋ねてみたくなる。

私はぬいぐるみを集めているわけじゃないし、部屋に並べているわけでもない。

でも、見るのは嫌いじゃない。

すぐに帰らなければいけないわけではないから、私はぬいぐるみに近づいて、いくつか手に取って戻す。奥へ向かうとそこにも、もこもことしたものが置いてある。その中に、私の部屋に置いてあるワニに形がどことなく似ているものがあって、足を止める。

なんだろうと見てみると、それはティッシュカバーだった。

そういえば、キッチンにあるティッシュの箱にはカバーがかかっていない。

私は焦げ茶色のティッシュカバーを手に取る。

「それなんだっけ？」

隣にいる仙台さんが私の手元を見る。

「カモノハシ」

「なにかで見たことある。哺乳類なんだっけ？」

「たぶん」

記憶が曖昧だけれど、カモノハシは哺乳類なのに卵を産む変な生き物のはずだ。

「宮城、こういうの好きだよね」

「好きなわけじゃない」

「嫌いでもいいけど、結構可愛《かわい》いじゃん」

そう言うと、仙台さんが私からカモノハシを取り上げて頭を撫《な》でた。

「それ、買ってくるからかして」

私は、仙台さんが持っているカモノハシのくちばしを引っ張る。

「いいよ。私が買ってくるから」

「なんで？」

「これ、キッチンに置くヤツでしょ？　だったら二人のものだし、二人で使うものを買うお金から出しておくから」

仙台さんが当然のように言って、カモノハシの手をぴこぴこと動かす。

「キッチンに置くって言ってない」

「違うの？」

「……違わないけど」

「買ってくるから」

仙台さんが私の答えを待たずに歩き出す。

結局、私は彼女の後をついて歩くことになって、カモノハシも〝共用のお金〟で買われてしまう。

仙台さんのこういうところが気に入らない。

いつも私がしようとすることを先回りして、してしまう。

文句を言っても絶対にきいてくれない。

今日の予定はこれで終わりのようで、仙台さんが明確に家へ帰る道を辿《たど》り始める。私たちは、ここへ来るまでと同じ時間をかけて家へ向かう。

「じゃあ、帰ろうか」

沈黙はあまり気にならない。

寄り道をせずに、くだらない話もそれほどせずに歩き、電車に乗って、また歩いて家に着く。

買ってきた電気ケトルはすぐに開封されて、仙台さんが紅茶を淹《い》れる。向かい合わせでテーブルに座って、ティッシュカバーが入った袋を仙台さんから渡される。

「はい」

「仙台さんが開けてよ」

そう言って袋を押し返すと、彼女はなにも言わずに袋の中からカモノハシを取り出す。そして、私の近くにあるティッシュの箱を指さした。

「それ取って」

言われたとおりに、はい、とティッシュの箱を渡すと、仙台さんが箱ではなく私の手を摑《つか》んだ。

心臓がどくんと鳴る。

仙台さんの手に力が入る。

ぎゅっと握られた手が痛い。

仙台さんはなにも喋《しゃべ》らない。

こういうとき、今までの彼女だったらキスをしてきた。

けれど、今日はなにもしてこない。

当たり前だ。

今までとは違う。

仙台さんは、制服だったチェックのスカートとは違うスカートをはいている。高校生ではなくなった彼女はルームメイトで、ルールにもキスをしていいなんてものはない。

——でも、してはいけないというルールもない。

「ごめん」

仙台さんが静かに言って、私の手を離す。

ティッシュの箱が彼女の元へ行き、カバーがかけられる。

キスに関する明確なルールはないし、禁止するルールがあったとしても仙台さんは破りたければ平気でルールを破る。それなのに、今日はなにもしないことがルールのように振る舞う。

仙台さんのこういうところが嫌いだ。

「はい、できた」

それほど大きくないテーブルの上、仙台さんがカモノハシのカバーがかかったティッシュを置いた。

◇◇◇

テーブルの上には、トーストとスクランブルエッグがのったお皿とオレンジジュース。

朝らしいメニューが並び、向かい側には仙台さんが座っている。

勉強をするときも食事をするときもずっと隣にいた仙台さんが、向かい側にいることにまだ慣れない。

でも、あと一週間。

もしかしたら一ヶ月くらいかかるかもしれないけれど、一緒にご飯を食べているうちに仙台さんが私の前にいることに慣れるはずだと思う。

私は、トーストにバターとジャムを塗る。そして、色のついた液体が入ったグラスを見る。

「仙台さん、なんでオレンジジュースなの？」

「サイダーが良かった？」

「紅茶かなって思ったから」

食べるものも飲むものもなんでもいい。

こだわりがあるわけじゃない。

朝ご飯を用意したのは仙台さんで、文句を言いたいことがあるわけでもない。でも、昨日わざわざ買いに行った電気ケトルを使わず、オレンジジュースがテーブルに並んでいることにほんの少しだけ不満がある。

「宮城が朝は紅茶がいいって言うなら、明日から紅茶にするけど」

私は仙台さんを見る。

目が合うけれど、そらされることはない。

そのことにほっとする。

朝から嫌な気分になりたくない。

「紅茶でもなんでもいいけど、電気ケトルは？」

「使えってこと？」

「使わないなら、わざわざ買いに行かなくてもよかったじゃん」

「今すぐ使わなくても必要だし、買い物楽しかったでしょ」

「そういうことじゃない」

私はトーストを齧《かじ》って、オレンジジュースを飲む。仙台さんもバターとジャムを塗ったトーストを食べる。

「そういうことだって。それよりさ、宮城。食べ終わったら大学行くんでしょ？」

電気ケトルをいつ使うのか明言しないまま、仙台さんが話を変える。

「行くけど」

「急いでる？」

「別に」

「そっか」

話はそこで途切れて、仙台さんがこれからどうするのかわからない。わざわざ聞くのも彼女の生活に干渉しすぎる気がして聞けずにいるうちに、お皿もグラスも空になる。

「仙台さん。私が洗うから」

テーブルの上から二人分のお皿とグラスを下げて宣言する。

「いいよ。私がやる」

「朝ご飯用意してもらったし」

「じゃあ、宮城《みやぎ》に任せる」

そう言うと、仙台さんが部屋に戻る。私も洗い物を手早く済ませて、一度部屋に戻る。急いでいるわけではないけれど、大学までそれなりに時間がかかるから余裕を持って用意をする。

身なりを整えて、鏡を見る。

やっぱり制服があればいいのになと思う。

毎朝、なにを着るか考えるのは面倒くさい。制服一つですべてが解決していた過去の自分が羨ましく思える。はあ、と息を吐く。荷物を持ってドアを開けると、メイクを済ませた仙台さんが共用スペースにいた。

「もう行くから」

椅子に座っている彼女に声をかける。そのまま玄関へ向かおうとすると、立ち上がった仙台《せんだい》さんに腕を摑まれた。

「宮城、待って」

「なに？」

「顔貸して」

「顔？」

「メイクしてあげる」

にこりと仙台さんが笑う。

随分と機嫌が良さそうな彼女の用事は、ろくでもないものらしい。

「……しなくていい。遅刻する」

「さっき急いでないって言ったじゃん」

「急いではないけど、時間があるわけじゃない」

「リップくらい塗ったら？　唇、荒れてる。それくらいの時間あるでしょ」

仙台さんの親指が唇に触れる。

指先が軽く押し当てられて、感触を確かめるように柔らかく撫でられる。

仙台さんの指は嫌いじゃない。

久しぶりに唇に感じる指先は気持ちがいい。

「宮城、いい？」

指先が離れて、尋ねられる。

「そんなに荒れてない」

さっき鏡を見たとき、唇は荒れていなかったはずだ。

「荒れてるって。すぐ終わるから座りなよ」

腕を引っ張られて、私は反射的に手を伸ばす。

仙台さんが私にしたように、彼女の唇に親指を押しつける。指先に力を入れて唇を拭うと、彼女の唇についていたリップが伸びて私の指についた。

「ちょっと、宮城」

いつもより少し低い声で仙台さんが言って、私の腕を強く摑む。

「それ直してたら、仙台さん時間なくなるでしょ」

「馬鹿じゃないの」

仙台さんが呆《あき》れたように言い、「明日は時間ある？」と付け加える。

「ない」

私は仙台さんの手を振り払い、彼女に背を向ける。

「時間作りなよ。可愛《かわい》くしてあげるから」

「しなくていい」

「してあげるって」

「いいってば」

「メイクくらいさせてくれてもいいじゃん。ほんと、宮城ってケチだよね」

「仙台さん、うるさい。もう行くから」

カモノハシのカバーがかかったティッシュは、カラーボックスの上に置かれている。けれど、ティッシュは取らずにダイニングキッチンを出て洗面台に向かう。鏡の前、水を出す前に荷物を下へ置く。

親指を見る。

仙台さんの唇と同じ色に染まっている。

鏡を見ると、唇が荒れていない私が映っていた。

やっぱり、嘘《うそ》じゃん。

私は薄く染まった親指を動かしかけて、人差し指で唇に触れる。

指先は滑らかに滑って唇の端に辿《たど》り着く。

親指がぴくりと動く。

彼女の柔らかな唇が頭に浮かび、慌てて手を洗う。

ごしごしと。

念入りに指先の汚れを落としてから、家を出る。

電車に乗って、それなりに時間をかけて大学へ向かう。

もっと近ければいいのにと思うが、仕方がない。

門を通り過ぎて、大学の中へ入る。

場違いとしか思えない大学は、新しい部屋と同じで未《いま》だに私の場所になっていない。舞香のほかに、会えば話をするくらいの相手もできたが、まだ楽しいというところには至っていない。そして、面倒くさいこともたくさんある。

その最たるものが履修登録だ。

自分で受けるべき講義を決めてスケジュールを組む。

卒業するために必要な単位を考えてスケジュールを組んでいくのは酷《ひど》く面倒くさい。仙台さんが同じ大学なら私の分まで考えてくれそうだけれど、彼女は違う大学に通っている。

私は、講義室に入って中を見渡す。

当たり前だけれど、仙台さんはいない。

席に座ってぺたんと机に突っ伏すと、カタン、となにかを置く音が聞こえてくる。そして、「志緒理《しおり》」と名前を呼ばれて顔を上げると舞香《まいか》がいた。

「寝不足？」

そう言いながら、隣に舞香が座る。最初は制服ではない舞香に慣れなかったけれど、今はもう慣れた。高校時代はしていなかった薄いメイクも、私の中で舞香を構成する一部になっている。

「ううん、よく寝た。それより、昨日はごめんね」

土曜日も舞香には〝ごめんね〟と電話で言った。

でも、今日も謝っておく。

仙台さんには予定がないと言ったけれど、日曜日は舞香と会う約束をしていた。優先すべき先約を断って、後からやってきた予定を組み込んだことに罪悪感がある。

「いいけど。昨日、なに買ってきたの？」

一緒に住んでいる人と共同で使うものを買いに行くことになった。

舞香にはそう告げて、仙台さんと買い物に行った。

「電気ケトル。お湯沸かすものなかったから」

「今さら？」

「ちょっとバタバタしてて、買いに行けてなかったから」

「一緒に住んでるのって親戚なんだよね？」

「うん」

　仙台さんがルームメイトだということは伏せてある。

　舞香に言うチャンスがなかったわけではないけれど、仙台さんのことをどう説明すればいいのかわからなくて、結局、親戚と住んでいると言ってしまった。

　いつかは本当のことを言わなければいけないとは思っているが、相手が仙台さんだと言えば、仙台さんとルームシェアをすることになった経緯を説明してほしいと言われるに決まっている。でも、私はそれに対する答えを持っていない。

「その人、神経質なの？」

「なんで？」

「友だちを家に呼んだら駄目って、神経質っぽいから」

　親戚ではなく仙台さんと住んでいる家に舞香が遊びに来たら、面倒なことになる。

　だから、大学に入ってすぐ「友だちは家には呼ばない」というルールをその場しのぎで作って舞香に告げた。嘘を重ねることに後ろめたい気持ちはあるけれど、今の状態でルームメイトが仙台さんだと舞香に知られるわけにはいかない。

「うーん、普通の人だと思う。たぶん」

「普通の人ねえ。まあ、いいけど」

なにか言いたげに見えるけれど、舞香はそれ以上追及してこない。

彼女はいつだって優しい。

私は高校の頃から舞香に甘えてばかりで、大学生になっても甘えている。

「そう言えば昨日、志緒理が遊んでくれないからピアス開けてみた」

「ピアス？」

舞香の声に彼女の耳を見ると、小さな銀色のピアスがついていた。

「自分で開けたの？」

考えてもいなかった舞香の行動に思わず尋ねると、「そう」と返ってくる。

舞香が派手になったとか、付き合う友だちが変わったということはない。でも、お洒落《しゃれ》になったとは思う。メイクもそうだけれど、高校の頃とは違う。

環境が変わって、舞香も変わっていく。仙台さんは変わっていないけれど、私の前にいないときの仙台さんは変わっているかもしれない。そう思うと、自分だけ置いていかれたような気がする。

「意外に似合ってる」

ピアスを見ながら言うと、舞香がわざとらしく眉根を寄せた。

「意外は余計だから」

冗談だと告げてどこで買ったのなんていう話をしていると、講義室の扉が開く。少し怖そうな顔をした先生が入ってきて、講義が始まる。

大学に入ったらピアスをしそうに見えた仙台さんはピアスをせずに、舞香がしている。それは少し変な感じがする。

いつか仙台さんもピアスを開けるのだろうか。

わからない。

高校生の頃からよくわからなかった彼女は、大学生になってもっとわからなくなってしまった。私は、大学にいる仙台さんのことをなにも知らない。

今までは、仙台さんから友だちの名前を聞けば顔が浮かんだ。授業の話を聞けば先生の顔が浮かんだ。学校の中も、彼女のほとんどが想像できたのに、今はなにも想像できない。

この時間、仙台さんがなにをしているのか。

メッセージを一つ送れば、それを知ることはできる。

でも、その風景は想像できない。

私は、そういうことに不満を持っている。そして、そんなくだらないことを不満だと思う自分に不満を感じている。

つまらない。

守るべきルールを守っている仙台《せんだい》さんも、私自身も。

私は親指を見る。

そして、その指先で唇を撫《な》でた。

第3話　宮城《みやぎ》との間にある壁

宮城に手を伸ばす。

黒い髪に触れて、指で梳《す》く。

そのまま頬を撫でて、唇に指を這《は》わせる。

宮城は嫌がらないけれど、反応もしない。

いつもああでもないこうでもないと文句を言うくせに、今日は大人しい。顔を寄せると困ったように目を閉じたから、随分と素直だと思う。

唇を合わせて、舌を差し入れる。

私の肩を押したり、舌を噛《か》んだりはしてこない。急に積極的になられても驚くけれど、嫌がらない宮城というのも気持ちが悪い。でも、本人にそんなことを言ったら絶対に怒るから今は心の中に留《とど》めておく。

何度かキスをしてから、首筋に唇を押しつける。跡はつけずに唇を滑らせると、宮城が小さく息を吐いた。彼女のネクタイを緩めて、外す。ブラウスのボタンも一つ、二つと外していき、ゆっくりと胸元を開く。

白い下着と柔らかそうな肌。

ボタンは全部外してしまった。

手を伸ばして下着に触れれば、隠されている部分を露《あら》わにすることができる。

心臓がどくんと鳴る。

胸に手を伸ばしかけて、髪に触れる。鎖骨の上にキスを落とすと、宮城がぎゅっと私の肩を摑《つか》んだ。宮城の体温が、私の唇からも、彼女の手からも伝わってくるけれど、温かいのか冷たいのかわからない。脇腹に手を這わせてぎゅっと押しつける。宮城が嫌だともやめてとも言わないから、ブラウスを脱がして押し倒す。

わかっている。

これは夢だ。

夏休みや冬休み。

その間にあったこと。

いろいろな過去が混じり合った夢だ。

身につけているものは飽きるほど着た制服で、現実の私たちはもう着ていない。そして、この手の夢はここに来る前に何度も見ているし、ここに来てからも何度か見ている。

早く起きたほうがいい。

でも、もう少し夢の中にいたいと思う。

宮城の肩に歯を立てて軽く噛む。

柔らかいし、体温も感じる。

けれど、鮮明なくせにすべてがぼやけている。目に映っているのは宮城で感触も宮城でしかないのに、どれくらいの柔らかさを持っているのかよくわからないし、どれくらいの熱さなのかもわからない。感覚はすべて滲《にじ》んで溶けていく。

「宮城」

呼んでも返事をしてくれない。

声が聞きたくて、胸を隠している下着を取る。

それでも宮城は黙ったままだ。

手で触れても、唇で触れても一言も発しない。不自然なほど静かな彼女から、はっきりしているようで曖昧な感触だけが伝わってくる。

記憶に残るほどちゃんと触ったことはないのに、手の下の膨らみが柔らかいということはわかる。記憶が作り出した夢は、知らない部分を都合良く補完してくれる。

スカートを脱がせる。

宮城は、やっぱり嫌がらない。

肋骨《ろっこつ》の下、柔らかなお腹《なか》に手を這わせて腰骨を撫でる。

手に下着が触れて、躊躇《ためら》う。

夢だとわかっているが、その先に進んでいいのか迷う。

仙台さん、とねだるような声で呼ばれて手を進める。

やっと聞けた声は、私の知らない声だ。こういう場面で宮城がこんな反応をするわけがないし、彼女はこんなに素直ではない。文句を言うことがあっても、ねだるような声で私を呼ぶなんてことがないことくらいわかっている。

本当によくわかっているけれど、下着の中へゆっくりと手を差し入れる。

そして。

そして――。

そして――――。

私の手は、電子音を鳴り響かせるスマホに触れた。

「……だよねえ」

はあ、と息を吐き出して、アラームを止める。

スマホを置いて、壁に手を押し当てる。

ベッドの横、この壁の向こうに宮城がいる。

たぶん、それがいけない。

今の私と宮城の距離は近すぎる。

していいことと、してはいけないことを区別する理性くらいあるけれど、夢は制御できない。

一緒に暮らし始めた今、夢で見たようなことを宮城にしてはいけないとちゃんと理解している。ただ、そういうことをまったくしたくないと言えば嘘《うそ》になる。そんな私の手の届く範囲に宮城がいるから、こんな夢を見ることになるのだと思う。

「……最低でしょ、こんなの」

これは良い夢ではない。

宮城だって、壁の向こうにこんな夢を見ている人間がいるだなんて考えてもいないはずだ。

そのせいか、ものすごくいけない夢を見たような気がして自分を呪いたくなる。

体を起こして、またベッドに寝転がる。

この部屋から出たくない。

でも、大学には行かなければいけない。

四月も半ばを過ぎ、履修登録も済んで、スケジュールが決まってやっと大学生らしい生活が始まった。今から休み癖をつけるわけにはいかない。

私は二度寝と言っていいほどの時間ごろごろしてから、覚悟を決める。ベッドから這い出して、チェストを開ける。

共用スペースに出るなら、パジャマはラフ過ぎる。時間が経《た》てばパジャマのままでも気にならなくなるのかもしれないが、その時が来るまではもう少しまともな格好をしたい。

宮城の家で泊まったときのことを思い出す。

あのとき、私は宮城からスウェットを借りた。ルームシェアをしているというこの状況を考えると、あれは悪くない。パジャマをやめて宮城のようにスウェットにしてしまえば、わざわざ着替えなくてもいいような気がする。

私は近いうちにパジャマ用のスウェットを買うことにして、チェストからブラウスとスカートを引っ張り出す。着替えて部屋を出ると、宮城が朝ご飯を作っていた。

一緒に夕飯を食べるときは二人で作ることになっているけれど、朝は誰が作るか決まっていない。大体、早く起きたほうが作ることになって、作らなかったほうが洗いものをする。いつの間にかそんなルールになっていた。

宮城は料理が上手《うま》いほうではないが、私ではない誰かが作った食事というだけで美味《おい》しく感じる。

「おはよ」

私は宮城の背中に声をかける。

「おはよ」

おはようと言えばおはようと返ってきて、誰かが朝食を作っている朝は悪くはない。

――夢を見てさえいなければ。

見ようと思った夢ではないにしても、ああいう夢を見た日は気まずい。宮城の顔をしっかりと見られないし、どういう顔をして彼女と過ごせばいいのかわからない。ここに来る前――高校三年生の時は学校は同じでもクラスが違ったし、会わずにおこうと思えば放課後まで顔を見ずに済んだから、今よりもマシな気分で宮城と会うことができた。

でも、もうあの頃とは違う。

ドアを開ければ宮城がいる。朝から放課後までと等しい時間、宮城に会わずにいるなんて不可能に近い。

「なに作ってるの？」

気持ちの整理がつかないからといってずっと黙っているのも落ち着かなくて、フライパンを見ている宮城に声をかけるが返事がない。

「宮城？」

名前を呼んでみてもやっぱりなにも言わない彼女に、朝食の出来が心配になってくる。

今の私はあまりいい顔をしていないだろうから、できれば宮城に近寄りたくない。それでも気になって彼女に近づくと、目玉焼きとスクランブルエッグの中間地点にあるようなものがフライパンにのっていた。

「黄身、割れたの？」

宮城に尋ねると、ぼそぼそとした声が聞こえてくる。

「勝手に割れた」

私のほうに宮城の顔が向く。

「目玉焼きもスクランブルエッグもお腹に入ったら一緒だし、いいんじゃないの」

「そうだけど」

声とともに宮城の視線を感じるが、彼女と目を合わせることができない。

「顔、洗ってくるね」

宮城に背を向けて、洗面室に向かう。後ろから、うん、という短い返事が聞こえてくる。

息を吸って、吐いて、また吸う。

普段、意識せずにしていることを意識してすることで、気持ちが少し落ち着く。

顔を洗って、また息を吸って吐く。

最近見るあいった夢は、現実になかったことの割合が増えてきている。このまま夢を見る回数が増えれば、現実になかったことだけで夢が構成される日が来てしまいそうだ。考えてはいけないと思う。

私は見てしまった夢をできるだけ頭の隅に寄せておく。忘れてしまうことはできないけれど、なるべく気にせずにいられるようにする。

頬を両手でぱんっと一度叩《たた》いて、ダイニングキッチンへ戻る。

「ごはんできた」

宮城《みやぎ》の声にテーブルを見ると、お皿とオレンジジュースが置いてある。卵はスクランブルエッグに寄せたようで、黄身と白身が混じり合っている。パンだけでなくウインナーも焼かれていて、どちらも丁度いい焼き目がついていた。

椅子に座ると向かい側から「いただきます」と聞こえてくる。私も同じように「いただきます」と言ってから、スクランブルエッグらしきものを食べる。

一緒にご飯を食べるというルールは、私が考えていなかった形で叶《かな》えられている。夕飯を一緒に食べられたらくらいの気持ちで言ったものだったが、宮城は朝も一緒に食事をしてくれる。

「最近、本買ってる？」

まだ宮城と目が合わせられなくて、適当に話題を探して口にする。

「買ってる」

「じゃあ、漫画か小説貸して。なんか面白いヤツあるでしょ」

「なんでもいいの？」

「面白いならね」

バターとジャムを塗ったトーストを齧《かじ》って、宮城の手元を見る。フォークがウインナーを刺して、口元へと動く。

「貸すのはいいけど、仙台《せんだい》さんが面白いと思うかなんてわかんないじゃん」

宮城の不満そうな声が聞こえて、視線を上げる。

一瞬、目が合ってほんの少し鼓動が速くなる。

本を選ぶという口実があれば、部屋に入れてくれるかもしれないなんてことが頭に浮かぶ。

「じゃあ、直接選ばせてよ」

今日はあまり宮城に近づきたくない日だ。

けれど、近づきたいという気持ちがまったくないわけではない。部屋の中がどうなっているのか気になるし、どんな本が増えているのかも気になる。

「……私が選んで渡す」

そう言うと、宮城がトーストを齧った。


階段を上って三階。

廊下を歩いて玄関の前、鍵を出す。

大学が終われば、朝、不満そうだった宮城と別れたこの家に帰ってくる。そういう毎日に慣れてきたけれど、ドアを開ける瞬間は未《いま》だに少しドキドキする。家族といた家にはなかった感覚だ。

鍵を開けて中へ入ると、玄関も廊下も暗闇に包まれている。電気をつけて足元を見る。宮城が靴を置くスペースが空いたままで、彼女がまだ帰ってきていないとわかる。それでも一応、「ただいま」と声に出してみるけれど、返事はない。

ほんの少し落胆する。

ただいまと言ったら、おかえりという声が返ってきてほしい。

朝見た夢の記憶は、大学へ行っている間に薄らいだ。宮城がいつも先に帰ってきているわけではないが、今なら彼女の目を見て話せそうだから家にいてくれたら良かったのにと思う。

「まあ、話すようなこともないけど」

私は誰に言うともなく呟《つぶや》いて、靴を脱ぐ。

宮城から遅くなるという連絡はなかった。それは一緒に食事をするということで、私は夕飯のメニューを考えながら家の中へ入るが、やっぱり誰もいない。

「ただいま」

今度は、誰もいないことがわかっているダイニングキッチンに向かって呟く。そして、そのまま自分の部屋へ入りかけて、テーブルの上に積んであるものに目が留まる。

「本？」

近寄ってみると積んであるものは予想通り本で、ここでルームシェアをするようになる前に宮城の部屋で読んでいた恋愛漫画の続きが何冊かと、私でも名前を聞いたことがある少年漫画が何冊か置いてあった。

貸すけれど、私が選んで渡すってこういうことか。

朝、後から家を出た宮城が残したものを見ながら小さく息を吐き、鞄《かばん》を彼女がいつも座っている椅子の上に置く。いないとわかっているけれど、宮城の部屋のドアをノックしてみる。トントン、とドアが音を立てるだけで、中から声が聞こえてきたりはしない。

「宮城」

ドアに向かって呼んでみる。

当然だけれど、返事はない。

手のひらをぺたりとドアにくっつける。

私と宮城の距離は、昔よりも近くて昔よりも遠い。触れることができるほど近い場所にいるけれど、昔なら入ることができた場所に入ることができなくなっている。

この手の向こう側は異世界だ。

立ち入ることが許されない世界で、いつ入ることができるのかわからない。

このドアの向こう側に行きたいと思う。

私があげた黒猫のぬいぐるみが前と変わらず本棚にいるのか確かめたいし、ワニの背中からティッシュが生えているのか確かめたい。あの部屋にあったなにがあって、なにがなくなっているのか知りたい。

今、私と向こう側を隔てているものは、薄くはないけれど厚くもない板一枚だ。

この手を少し動かせばドアを開けることができるし、中へ入ることができる。

簡単なことだ。

ルールを破れば、知りたいことを今すぐ知ることができる。中に入ったとしても、どこにも触れずにすぐに出てくれれば宮城に知られることはない。

ルールは破っても、バレなければ破ったことにならない。

宮城が気がつかなければ、私の悪事はなかったも同然になる。

でも、もし私がルールを破ったら、それが宮城にバレてほしいとも思っている。

ルールを破ったら、相手のいうことを一つきく。

そういう約束をしているから、私がルールを破ればルームシェアをする前のように宮城が命令することになる。正確には命令ではないし、前と同じではないけれど、前と近しいことが起こる。

「……駄目でしょ。人の部屋に勝手に入ったら」

ルールを破るにしても、勝手に部屋へ入るというのはやり過ぎだ。バレたら罰ゲームをする間もなく、宮城はこの家から出て行ってしまうだろう。

ドアにおでこをくっつける。

こつん、と小さな音がして、額が少し冷たくなる。

私はドアに唇を寄せかけて、肺の中の空気を全部吐き出す。

「なにやってんだか」

あんな夢を見たせいで、今日は少しおかしい。ただいまという言葉におかえりという声が返ってこなかったことにがっかりしたけれど、宮城がいなくて良かったのかもしれない。彼女がいたら、あまりいいことにはならなかったように思う。

「宮城のばーか」

ドアに文句をぶつけて、背を向ける。

テーブルの上から四巻と書いてある恋愛漫画を一冊取って、椅子に座る。ぱらぱらとめくっても、一つ前の巻のストーリーをはっきりと思い出せない。あやふやな記憶を補完したいと思う。でも、三巻があるのはドア一枚隔てた向こう側で、今は手に入らない。

すぐそこにあるのに遠くて嫌になる。

私は恋愛漫画をテーブルに戻して、一巻から置いてある少年漫画を読むことにする。手にした本を開いて、一ページ、二ページと読み進めていく。思い出すことのできないストーリーを追いかけるよりも面白いとは思うが、読む本を自分で決めることができた過去が頭にちらついて集中できない。

それでも二巻まで読んで、三巻を手に取る。半分ほど読んだところで「ただいま」という声が聞こえて、私は顔を上げた。

「おかえり」

「部屋で読めばいいのに」

宮城が私の読んでいる漫画の表紙を見ながら言う。

「おかえりって言ってほしいかと思って」

「部屋で読んでたって言えるじゃん」

「ここのほうがすぐに言えるし、いいでしょ」

宮城は、いいとも悪いとも言わない。面倒くさそうに冷蔵庫からサイダーを出してきて、グラスに注ぐ。そして、透明な液体を一口飲んでからテーブルにグラスを置いた。

彼女が私を見て、目が合う。

朝のように視線から逃げずに宮城を見る。

「仙台さん。それ、面白い？」

宮城は漫画のことだとは言わなかったが、面白いと聞いてくるようなものは手にしている漫画以外にはない。

「まあまあ」

「読み終わったら教えて。片付けるし」

そう言うと宮城が部屋に戻ろうとするから、私は咄嗟《とっさ》にさっき開いただけでほとんど読んでいない恋愛漫画を手に取った。

「待って、宮城。これ、一巻からある？」

「あるけど」

「じゃあ、貸して。前の話忘れちゃったから」

記憶に埋もれている漫画のストーリーにそれほど興味はない。忘れたままでも一向にかまわないもので、読むなら一つ前の巻からでいいし、わざわざ一巻から読むほどのことでもないと思う。それでも私がしたかったことの理由にはなる。

「持ってくるから、仙台さんここで待ってて」

「本、自分で持つから一緒に行く」

「え？」

「部屋に入れてよ」

私は立ち上がって、宮城《みやぎ》の隣に立つ。

「……やだ」

少し考えてから宮城が言う。

「なんで？」

「仙台さん、変なことしそうだもん」

宮城の言葉に、今日見た夢を思い出す。

彼女が言う〝変なこと〟がどんなことかは想像できる。

そして、私が見た夢は宮城が言う〝変なこと〟以上のことのはずで、少し胸が痛む。だが、宮城の部屋に入りたいのはそういうことをしたいからではない。ここに来るまでは嫌だなんて言われずに出入りできていた〝彼女の場所〟が、今どうなっているのか知りたいだけだ。

やましい気持ちがあるわけではない。

そう。たぶん、ないはずだと思う。

曖昧な気持ちが顔を出す。けれど、感情を正しく伝える必要はないから宮城の言葉は否定しておく。

「しないって。宮城、私をなんだと思ってるわけ」

「……ルームメイト」

正しくない答えを返した私に、正しい答えが返ってくる。

宮城が言うとおり、私たちはルームメイトだ。

そして、二人で四年間を平穏無事に暮らすなら、ただのルームメイトであり続けるべきだと思う。

でも、今日まで宮城と過ごして、ルームメイトという関係を選んで良かったのか疑問に思い始めている。ルームメイトという関係に縛られて、宮城に触れることもできない今の環境に疑問がある。

「なに？」

宮城がなにも言わない私を怪訝《けげん》な顔で見る。

卒業式があった日、私は宮城をここへ連れてくるためにルームメイトという新しい関係を用意した。あのときはそれがベストで、それ以上の答えはなかったはずだ。

「宮城とルームメイトって、変な感じだなと思って」

自分を納得させて曖昧に笑って言うと、宮城が眉間に皺《しわ》を寄せた。

「仙台《せんだい》さんがルームメイトになれるって言ったんじゃん。責任取ってちゃんとルームメイトらしくしてよ」

「はいはい」

なるべく感情がこもらない声で言う。

「本は私がすぐ持ってくるから、仙台さんは少し待ってて」

「いい」

「いいってなにが？」

「本はもういいから、ご飯作ろう」

私は宮城の部屋にではなく、冷蔵庫の前へ行く。

「早くない？」

「お腹空《なかす》いたし」

後ろから声が聞こえてきて、適当な理由を口にする。そして、冷蔵庫の中身を見ながら、宮城になにが食べたいかを尋ねた。

◇◇◇

開かずの間に足を踏み入れることが叶《かな》わないまま時間だけが過ぎていき、入学式があった四月が確実にもうすぐ終わる。

連休が近いというのに、私の予定は白紙に近い。

家族からの連絡はない。

そんなことはわかっていたことだから気にしていないし、帰って来いと言われても気持ちが悪い。私の帰省を親が望んでいないことは、今さら悲しむようなことではない。もともと帰るつもりがなかったから都合がいいと思っている。

だから、私のゴールデンウィークには家へ帰るという選択肢はないけれど、帰らないという予定しか決まっていない。休みだけあってもすることがないから時間が余る。

私はその余った時間の一部を宮城と消費したいと思っている。

夢を見てから数日がたった今も宮城の連休の予定を詳しく聞けていないけれど、彼女が私と同じように家へ帰らないことは把握している。

問題は、話がそこから先に進んでいないことだ。

連休に入ってから、暇つぶしに付き合って、と言うくらいはできるけれど、宮城が素直に「うん」と言ってくれるとは思えない。

私は、ふう、と息を吐く。

教壇の上にいる先生を見る。

スライドが次々と変わっていく。

講義室に響く先生の声を聞きながら、今朝食べた目玉焼きを思い出す。

宮城が作ったそれは勝手に黄身が割れたりしなかったらしく、綺麗《きれい》にできていた。そのせいか宮城はいつもより機嫌が良かったが、私のいらない一言で状況が変わった。

――髪型に口なんかださなければ良かった。

触らぬ神に祟《たた》りなしと言うけれど、そのことわざが正しいことはよく知っている。でも、人は正しいことばかりをして生きているわけではない。今朝の髪型の話もそうだが、最近の私は触ることができない宮城をかまいたくて、余計な一言を付け加えては彼女の機嫌を損ねている。

おかげで、しようと思っていたゴールデンウィークの話をせずに家を出ることになった。

バイトも見つからないし、いいことがない。

はあ、とため息をついて、スライドを見る。

大学では、やらなければならないことは真剣に。

人付き合いはそこそこに。

優秀な成績である必要はないけれど、四年間で大学を卒業してそれなりの企業に勤めたいと思っている。今は、宮城のことを考えている時間ではない。板書をあまりしない先生だから、真面目に聞いていないと講義の内容がよくわからなくなる。

ゴールデンウィークのことは、一度頭の中から追い出す。

そして、先生の声に集中する。

高校とは違って、九十分の講義は長い。

ノートにペンを走らせる。

三十分、四十分と時間は過ぎていき、九十分になる少し前に講義が終わる。

「葉月《はづき》」

ノートを閉じると、名前を呼ばれる。顔を上げると大学に入ってできた友だちの一人、澪《みお》が一つ前の席から私を見ていた。

「いい話、あるんだけど」

高校時代のような人間関係は望んでいないから、交友関係を広げる努力をするつもりはない。それでも友だちが何人かできて、空いた時間をくだらない話で潰すくらいはできている。

「いい話？」

「そう。だから、そんなつまんなそうな顔してないでにっこり笑顔で聞いて」

「にっこり笑顔で聞くかどうかは、なんの話かによる」

私がそう言うと、澪が私の代わりににっこりと笑った。

「葉月、バイト探してたでしょ。だから、いいバイトを紹介しようと思ってさ」

元気のいい声が響く。

確かに、バイトを探しているという話を澪にした。

生活に必要なお金は親が出してくれているから、バイトをしなくても暮らしていくことはできる。けれど、お金がほしい。

私は、大学を卒業しても家に帰るつもりがない。

ここでそれなりに良い仕事を見つけたいと思っているが、上手《うま》くいかないかもしれないし、新しい部屋を探すことになるかもしれない。いろいろな〝かもしれない〟が重なる可能性を考えると、お金はあったほうがいい。だから、親がお金を出してくれる大学生のうちにバイトをしてお金を貯《た》めるつもりでいる。

「それって、どんなバイト?」

澪に尋ねると、彼女は満面の笑みで答えた。

「家庭教師」

二人で講義室を出て、「澪、家庭教師してるの?」と問いかける。

「あたし、家庭教師に向いてるタイプに見える?」

「見えない」

私が過去に知り合った人の中でもかなり整った顔をしている澪は、眼鏡をかけて黙っていれば〝家庭教師の美人先生〟に見えないこともない。そして、クールな美人という見た目に反して人懐《ひとなつ》こくて、頭もいい。だが、彼女は眼鏡をかけないし、物事を深く考えないところがある。よく言えば決断力があるが、悪く言えば考えなしで適当だ。家庭教師が澪だったら楽しいとは思うけれど、成績が上がるとは思えない。

「即答とか。まあ、いいや。興味あるなら紹介するよ」

軽い声で澪が言う。

「生徒を？」

「違う。そんなの紹介できるわけないじゃん。紹介するのはあたしの先輩。家庭教師したい人探してるから」

澪の言葉に、宮城《みやぎ》に勉強を教えていた記憶が蘇《よみがえ》る。

私の力だけではないとわかっているけれど、二人で勉強をしたことで彼女の成績は上がったはずだ。それだけで私が家庭教師に向いているとは言わないが、勉強を教えることはそれなりに楽しいことだったように思う。

「それ、話を聞くだけでも大丈夫？」

「大丈夫、大丈夫」

本当に大丈夫かわからない明るい声が廊下に響く。

「じゃあ、先輩紹介して」

やるかどうかわからない。

でも、興味はある。

澪の先輩がどんな人なのかは知らないが、話くらいは聞いてみたい。

「おっけー。連絡してみる」

朗らかな声とともに、澪がスマホを取り出す。そして、何度か先輩とメッセージのやり取りをすると、顔を上げた。

「今、忙しいみたい。時間できたら直接話したいって言ってるけど、連絡先教えてもいい？」

「いいよ」

そう答えると、澪があっという間に話を進めて先輩の連絡先が私のスマホに登録される。そして、三時間くらいしたら電話がかかってくると伝えられる。さらに、澪が先輩について話し始めて、先輩が女性であることや三年生であること、そのほかいくつもの個人情報が私の頭にインプットされる。けれど、午後の講義が終わっても先輩から連絡はなく、家へ帰るための電車に乗っても、玄関の前に着いても先輩から連絡が来ることはなかった。

私は鍵を取り出して、玄関を開ける。

電気がついていて、足元を見ると宮城の靴がある。

今日は、彼女のほうが早いらしい。

靴を脱いで中へ入ると、部屋にこもっているだろうと思っていた宮城が冷蔵庫の前にいた。

「ただいま」

私は宮城の背中に声をかける。

「おかえり」

彼女は買い出しをしてきたらしく、横に食材が入った袋が置いてある。

「仙台《せんだい》さん。今日、夕飯なに作るの？」

「宮城は食べたいものある？」

「ドリア」

冷蔵庫に食材を詰め込み終わった宮城が私を見る。

「ドリアは作ったことない。ほかにないの？」

「食べたいものある？　って聞いたの仙台さんじゃん」

「聞いただけで作るとは言ってない。大体、ドリアの材料買ってきたの？」

「材料なんてわかんないから買ってない」

「じゃあ、無理じゃん」

レシピを検索して一応冷蔵庫の中を確認してみるが、やっぱりドリアの材料になりそうなものは入っていない。

「そんなに食べたいなら、今からドリア食べに行く？」

私は現実的な案を出す。

「今日はもういい。買い出ししてきたし、なんか作ろうよ」

予想通り、素っ気ない声が返ってくる。

たまには二人で出かけられたらと思ったが、宮城にその気はないらしい。

「明日は？」

いい返事があるわけがないけれど、一応尋ねる。

「……いいけど」

宮城が予想とは違う答えを返してきて、私は彼女を見た。

どこへ行く？

何時にする？

どちらを先に聞こうか迷って、どこへ行くか尋ねようとしたところでスマホが鳴る。

「宮城。悪いけど、ちょっと待ってて」

鞄《かばん》から着信音を鳴り響かせるスマホを取り出す。

画面を見ると、澪から聞いた先輩の名前が表示されている。どうやら約束は忘れられていなかったらしい。電話に出ると少し低い落ち着いた声が聞こえてきて、用件が告げられる。そして、五分も経《た》たないうちに電話が切られて、私は宮城に謝った。

「ごめん。明日、用事ができた。ドリアは明後日《あさって》でもいい？」

「用事って？」

電話がかかってくる前よりも冷たい声が聞こえてくる。

「バイト紹介してくれる人と会うことになった」

「――仙台さん、バイトするの？」

ドリアではなく用事に興味を示し、今度はバイトに興味を示した宮城が声と同じように冷たい目で私をじっと見つめてくる。

「するつもり。お金貯めようと思ってるから」

隠していたわけではないが、バイトをしようと思っていたことは宮城に伝えていなかった。その理由は単純なもので、宮城に言う機会がなかったからだ。大体、宮城という人間は、私が大切な話をする前に機嫌が悪くなるか、私の前から姿を消すようにできている。

「お金なら、高校のときに渡したヤツがあるじゃん」

宮城の声がさらに冷たくなる。

「だから、あれは私のじゃないから」

「仙台さんのじゃないとしても使えばいい」

そう言うと、宮城が私の足を蹴った。

脛《すね》の辺り、強くではなく軽くだけれど、私は大げさに痛いと言って彼女を見る。

最近の宮城は大人しくて、私を蹴ったり噛《か》んだりするようなことがなかったから、昔に戻ったような気分になる。けれど、今されたことは喜ぶようなことではないとわかっている。

私は宮城から離れて、いつも座っている椅子に腰掛ける。

「仙台さん、約束破るの？」

冷蔵庫の前に立ったまま、宮城が不満そうに言う。

「ごめん」

ぱちんと手を合わせて謝る。

ドリアは逃げはしないけれど、忙しそうな先輩は明日を逃したら次はいつ会えるかわからない。バイトは大学生になったらしたいことの一つでもあったから、ドリアを食べに行くのは明後日にしてほしいと思う。でも、宮城は「いいよ」とは言わない。黙ったままで、近づいても来ない。

「ドリア、どうしても明日じゃなきゃ駄目？」

先輩ではなく、ドリアを優先すべきかもしれない。

私は迷いながら宮城を見る。

「……明後日でもいいけど、罰ゲームだから」

「え？」

「この前、ルール決めた。約束破ったら罰ゲームなんでしょ」

諦め半分に聞いた言葉に対して、決めた記憶のないルールを宮城が持ち出してくる。

「違うでしょ。罰ゲームが適用されるのは二人で決めたルールを破ったときで、普通にした約束は別物だから」

「さっき、二人で一緒に食べるって決めたし、ルールみたいなもんじゃん」

「宮城、言ってることめちゃくちゃなんだけど」

二人で暮らすために決めたルールに、〝ちょっとした約束〟まで含めてしまうのは横暴すぎると思う。けれど、宮城は引く気がないらしく、テーブルの前までやってきてあからさまに不機嫌な声で言う。

「罰ゲームは二人で決めたルールを破ったときだけ、なんて言わなかったよね？　だったら、さっき決めたことを守らない仙台さんに罰ゲームさせてもおかしくないと思うけど」

言ったかどうかで言えば、罰ゲームは二人で決めたルールを破ったとき〝だけ〟とは言っていない。だからといって、宮城の理屈は認めなければならないようなものではないし、理不尽過ぎる。

言っている本人だって、筋が通った話ではないとわかっているはずだ。でも、宮城は私がこの理不尽な罰ゲームを受け入れると思って言っている。

　私は小さく息を吐く。

「じゃあ、今回はそういうことでもいいけどさ。罰ゲームって、なにさせるつもり？」

「まだ決めてない」

「そんなにゆっくり考えて決めるようなことなの？」

「いいじゃん、ゆっくりでも。罰ゲームの期限だって決まってないでしょ」

　さすがに嫌な予感がする。

　際限なく時間を与えたら、宮城はろくでもないことを言い出すに違いない。

「明日までに決めなよ」

「無理」

　宮城がきっぱりと言う。

「無理っていうか、決める気ないだけでしょ。もう宮城の好きにしていいから、決まったら教えて」

　彼女の言葉に従うことには慣れている。

　罰ゲームをしたっていいとも思っていた。

　ろくでもない命令に従うことだって慣れている。

だから、これは悪いことじゃない。

そう思って立ち上がる。

「で、宮城《みやぎ》。今日の夕飯はどうする？」

私は彼女に問いかけた。

第4話　仙台さんに忘れてほしくないこと

本棚にいる黒猫を手に取って、ベッドに寝転がる。

もう寝てもいいような時間だけれど、眠くない。

私は黒猫の頭を撫《な》でる。

ここに来てからずっと約束を破らなかった仙台さんが今日、初めて約束を破った。だから、私は仙台さんに命令することができる権利を得た。厳密に言えば命令じゃない。仙台さんが私のいうことを一つきくという権利で、強引に手に入れた権利だ。ルールを拡大解釈したものだから、正当な手段で得たとは言えない。

胸の上、黒猫を置く。

罰ゲームには回数がある。

相手のいうことをきくのは一回。

たぶん、仙台さんはよほど酷《ひど》いことを言わない限りいうことをきいてくれる。今までだって私の命令のほとんどを受け入れて、従っていた。足を舐《な》めてといえば舐めてくれるだろうし、キスをしてと言えばキスをしてくれると思う。

でも、いうことをきいてくれるのは一回だけだ。

そして、どういうわけかここに来てから仙台《せんだい》さんはルールを破らないから、次にいつこの権利を手に入れられるかわからない。そう考えると、仙台さんになにをしてもらえばいいのか迷う。奪うように得た権利なのに、考えても仙台さんにしてもらいたい罰ゲームが思い浮かばない。

高校生だった私がした命令を振り返る。

あまりいい命令はしていない。

ルームメイトになった今、高校生だった頃と同じようにはいかないはずだし、高校生だった頃と同じようにすべきじゃない。

きっと、そのほうがいいと思う。

私は、胸の上の黒猫を壁にぺたりとくっつける。

鼻先が当たって、すぐに離す。

罰ゲームなんて、ただの遊びだ。

真剣に考えるようなものじゃない。

もっと気軽に、適当に消費してしまうべきだ。

わかっているのに仙台さんが急に私の知らないバイトの話をしてきたせいで、気軽にも適当にも考えられない。

黒猫を壁際《かべぎわ》に置いて、電気を消す。

背中を丸めて目を閉じる。

バイトをするつもりなら早く教えてくれたら良かったのにと思う。

あのあと仙台さんに聞いたら、バイトは家庭教師で、まだするかどうかは決めていないと言っていたけれど、たぶん、彼女は家庭教師をすると決めている。

ため息なんてつきたくないのにため息が出る。

家庭教師を始めたら、私に勉強を教えたときのように仙台さんは誰かに勉強を教える。

あの声で、あの距離で、二人きりで。

私とした勉強以外のことをするとはさすがに思わないけれど、あまり面白くはない。

大学に入ってから、私の知らない仙台さんが増えていく。彼女は大学のことをあまり話さないから、今の仙台さんの五十パーセントくらいは私の知らない仙台さんだ。ほとんどのことは聞けば教えてくれるとは思うけれど、知ることができても高校のときほど鮮明に知ることができないと思うと聞く気がしない。そこにバイトという知ることができない新しいものが加わると思うと、頭が痛くなる。

黒猫を布団《ふとん》の中に引っ張り込む。

最近、やっとよく眠れるようになったのにまた眠れなくなりそうで、黒猫を数える。

一匹、二匹、三匹。

羊の代わりに黒猫のぬいぐるみがぴょんっと跳んで、柵を越える。

その間に、バイトをしている仙台さんが浮かぶ。

家庭教師なんてものを始めたら、またルールを破ってばかりの仙台さんに戻ってしまいそうだ。彼女がルールを破れば罰ゲームと称してまた命令することができるけれど、バイトを優先されるのは腹立たしい。私との約束が一番である必要はないが、忘れ去られたくはない。

仙台さんが約束を忘れることができなくなるもの。

罰ゲームはそういうものがいいかもしれない。

私は柵を跳び越える猫を数えながら、そういうなにかを考える。それがなにかはわからないけれど、考え続けていると頭がぼんやりしてくる。

猫が三百匹を超えて、四百匹になる前。

私は、仙台さんになにをしてもらうのか考えつく前に眠りに落ちた。

そして、目覚ましが鳴る五分前に目が覚めた。

共用スペースで仙台さんが用意した朝ご飯を食べる。

彼女は、罰ゲームについてなにも言わない。

今日は遅くなるから、と昨日も聞いたありがたくない情報を残して家を出て行く。私も食器を片付けて、服装を整えて家を出る。

バイトが決まらなければいいのに。

電車に揺られながら、仙台さんの不幸を願う。

ルームメイトだったら「バイトが決まるといいね」と言うべきだと思うけれど、言えそうにない。仙台さんに「ルームメイトらしくしてよ」と言ったのは私なのに、私自身がルームメイトらしくできていないことに落胆する。

電車を降りて、大学に着いても気分は冴《さ》えない。

講義室に入って、舞香《まいか》を見つけて隣に座る。

「おはよう」

声をかけると、おはよう、と返ってくる。

「志緒理《しおり》、なんか久しぶりに眠そうな顔してる」

舞香の外見は大学に入って変わったけれど、中身は変わらない。相変わらず優しくて、よく人を見ている。

「本読んでたら止まらなくなっちゃって」

仙台さんのことを考えていてよく眠れなかったとは言えない。

私は椅子の背に体を預けて、舞香を見る。

今日は私よりも長い髪を一つにまとめていて、耳についている小さな飾りが目につく。

「ピアスって、自分で開けたんだよね？」

問いかけると、「うん」と返ってくる。

「痛かった？」

「一瞬ね」

「やっぱり痛いんだ」

「思ったほどじゃなかったけど、人によるのかも。志緒理もピアスするの？」

「そういうわけじゃないけど、なんとなく気になった」

小さな飾りは可愛《かわい》い。

大学に入ってからそういうものがよく似合うようになっていく舞香を見ていると、ピアスをつけるくらいのお洒落《しゃれ》ならしてもいいような気がしてくるけれど、一瞬でも痛いのは嫌だ。痛くない方法があるのならピアスをしてもいいかもしれないが、そういう方法を探してまでするものでもない。

ただ、小さな飾りは気になる。

おそらくそれは、高校の頃の記憶と紐《ひも》付いていて、ピアスをすることを嫌がった仙台さんを思い出すからだと思う。最近、私の頭はなんでも仙台さんに繋《つな》げようとして、気がつくと彼女のことを考えている。

「したらいいじゃん。ピアス可愛いのたくさんあるし、お揃《そろ》いでしようよ」

そう言うと、舞香が私の耳を引っ張った。

「んー」

舞香のピアスを見る。

小さな飾りは、体に開いた穴に留《と》めてある。

約束も同じように留めておけたら。

そんなことが頭に浮かぶ。

でも、仙台さんの耳に穴を開けるわけにはいかない。彼女はほとんどの命令をきいてくれたが、ピアスをすることは断ってきた。

「気になるなら、一緒にピアス見に行かない？　してもしなくても見るのは楽しいし。今日、暇？」

時間があるかないかで言えば、今日は時間が有り余っている。仙台さんは私が見たことのない誰かと会うから、早く帰ってきたりはしない。

「暇だし、行く」

舞香と一緒にいるのは楽しいし、一人で家にいたくない。

仙台さんだって、誰かと一緒にご飯を食べる。

ピアスを買うかどうかはわからないけれど、私は大学が終わってからの時間を舞香と過ごすことにした。

◇◇◇

手には紙袋が一つ。

中身は一昨日、舞香と一緒に買ったものだ。

昨日、仙台さんとドリアを食べに行った後、彼女に渡そうと思ったけれど渡せなかった。

今日もずっと迷っていて、夕飯を食べた今も渡せずにいる。

部屋の中をうろうろとして、本棚の前で息を吐く。

黒猫が私を見つめている。

どうしよう。

少し考えてから、部屋を出て共用スペースへ行く。

仙台さんは部屋にいるらしく、姿は見えない。

カラーボックスの上に鎮座しているカモノハシを手に取って、ここに来てから初めて仙台さんの部屋のドアをノックする。

トン、トンと叩《たた》いて、三回目。

中から「今、開ける」と仙台さんの声が聞こえてきて、ドアが開く。

「宮城《みやぎ》、どうしたの？　なにかあった？」

戸惑ったような顔をした仙台さんが私を見る。

当たり前だと思う。

ルームシェアをしているのに私たちの距離は遠くて、お互いの部屋に入ったことすらない。

「……入れて。罰ゲームするから」

「今から？」

仙台さんが怪訝《けげん》な顔をして、私が持っている紙袋とカモノハシを見る。

「今から。そんなに時間かからないし、部屋に私を入れるのが嫌ならこっちに来てよ」

部屋を出る前に見た時計は九時を回ったところだったから、寝るには早いし、遅いと断られるような時間じゃない。

これからしようとしている罰ゲームは、簡単にできることだ。

場所は共用スペースでもかまわない。

仙台《せんだい》さんに酷《ひど》いことはしないし、この紙袋の中身を使うだけで済む。

時間もそれほどかからない。

ちょっとしたことだから、仙台さんなら簡単にできる。

「私の部屋でいいよ」

仙台さんは共用スペースを選ばず、「入って」とドアを大きく開けた。私はお邪魔しますと言うべきか少し考えてから、黙って彼女の後について中へ入る。

ベッドにテーブル。

本棚。

初めて入る仙台さんの部屋は、過去に見た彼女の部屋とは違う。本棚は小さくて、本も少ない。ベッドも違うものになっている。高校生だった頃も見慣れるほど仙台さんの部屋に行ったことはなかったけれど、新しいこの部屋は彼女の部屋に思えない。違和感だらけで胸の奥がざわざわする。

「適当に座って」

仙台さんがベッドを背もたれにして床に座る。

私はどこに座ろうか迷って、彼女の隣に腰を下ろす。

「それで、宮城。このカモノハシはなんなの」

私が抱えているティッシュカバーの頭を仙台さんがぽんっと叩く。

「ティッシュ」

「それは見たらわかる。罰ゲームに使うの?」

「たぶん」

「たぶんって。人になにをさせようと思ってるわけ」

「これが罰ゲーム」

私は持ってきた紙袋を仙台さんに渡して、カモノハシをテーブルの上に置く。

「なにこれ?」

「中見ていいよ」

そう言うと、仙台さんが紙袋を開けた。

「宮城、これ」

仙台さんがいつもより低い声を出して、眉根を寄せる。そして、紙袋の中身をテーブルに並べていく。

ピアッサー。

消毒液。

コットン。

それはすべてピアスを開けるためのもので、仙台さんがため息を一つついた。

「……こういうの、なしでしょ。宮城のいうことを一つきくっていう約束だけど、なんでもきくわけじゃないから」

「でも、ピアスは駄目ってルールは作ってないよね？」

「確かに作ってないけど、普通に考えて体にずっと跡が残るような傷をつける罰ゲームは駄目に決まってる」

怒ってはいないが、声は呆《あき》れたようなものになっている。でも、仙台さんがこういう反応をすることは予想していた。

私はテーブルの上からピアッサーを手に取って、仙台さんに無理矢理渡す。

「駄目じゃない。ピアス開けてよ」

「宮城が良くても私は嫌だから」

「別に仙台さんがいいか悪いかはどうでもいい。ピアスするのは私だし」

「……え？」

「え、じゃなくて。それ、私にピアス開けるためのものだから。仙台さんがそれ使って、私にピアス開けてよ」

仙台さんの耳にピアスをしたいと言っても絶対に断ってくると思っていたから、それでも約束を留めておける方法を考えた。

答えはすぐに見つかった。

自分に約束を留めておけばいい。

私の体なら私の自由にできる。

仙台さんだって自分の耳にピアスを開けるという命令でなければ、いうことをきいてくれるはずだ。

「罰ゲームって、するの私だよね？」

「そう。だから、私のいうこときいてよ。これ使って、私の耳にピアスをつける穴を開けるだけだから簡単でしょ」

私は仙台さんに渡したピアッサーを指さす。

「その罰ゲーム、おかしくない？」

「おかしくない」

「宮城、ピアスしたかったの？」

「したくない。痛いの嫌いだし、ピアスとか興味ないもん」

本当はしてもしなくてもどうでもいいものだけれど、したくないと強く印象づける。

「じゃあ、なんでピアスするの？」

「仙台さんが約束忘れないように」

「意味わかんないんだけど。……どういうこと？」

家庭教師を始めれば簡単に動かせなくなる予定ができる、ということはバイトをしていない私でもわかる。そして、私との約束は簡単に動かせるもので、後回しにしてもいいものだということもわかっている。

我《わ》が儘《まま》だとわかっているけれど、約束を後回しにされるのは面白くないし、仙台さんが家庭教師をするにしてもしないにしても約束は忘れられたくない。

だから、私は自分を使って約束にほんの少し重みを加えることを選んだ。

「自分の手で人の体に穴を開けるようなことをしたら、今日のこと忘れないでしょ。私を見るたび、私とした約束を思い出しなよ」

覚え続けられることには限りがあって、あったことすべてを覚えていられるわけじゃない。でも、それなりに印象的な行為をすれば記憶に残り続ける。だったら、ピアスと私との約束をセットにすればいい。耳に穴を開けるという印象的な行為に約束を結びつければ、簡単には忘れないはずだ。

だから、ピアスは仙台さんが私の耳につけなければいけない。

「それで、仙台さんは約束を破ったことを思い出して反省すればいい」

「宮城。それ、本気で言ってるの？」

「言ってる」

断言する。

でも、仙台さんはピアッサーを使おうとしない。

「自分で開けなよ。嫌がる宮城に無理矢理ピアスするみたいで嫌だし」

「駄目。仙台さんはピアスしたくもない私の耳に穴を開けて、後悔すればいい。悪いことしたなって」

仙台さんの罪悪感が少しでも大きくなればと思う。

嫌だと言う私に無理矢理穴を開けてピアスをつけた。

そう強く記憶に刻みたい。

「――私、これ使ったことないからね」

仙台さんがため息交じりに言って、ピアッサーのパッケージを開ける。そして、中から説明書を出して読み始める。

「仙台さん、茨木《いばらき》さんとかに開けたことないの？」

「ない。みんな自分で開けてたし、宮城が初めて」

何度もしたことのある行為じゃないことにほっとする。

初めてであれば、もっと印象的な行為になるはずだ。

私は一応、仙台さんに手順を説明する。

消毒をして、印を付けて。

説明書に書いてあることとほとんど同じだと思うけれど、一通り調べてきたことを告げる。

「消毒からね」

仙台さんが私の髪を耳にかけて手順通りに消毒をして、確かめるように耳たぶを引っ張る。

「触ったら消毒した意味ないじゃん」

仙台さんの腕をぺしんと叩くが、彼女は手を離してくれない。私は、耳を触り続けている彼女に「くすぐったいし、やめて」と言って、もう一度腕をぺしんと叩いた。

「穴を開ける前に、今の宮城の耳を堪能《たんのう》しておこうかと思って」

そう言うと、仙台さんが耳たぶを触っていた手を滑らせた。指先が耳の裏を撫《な》でて、首筋を這《は》う。

くすぐったさが増す。

指先だけだったはずが手のひらまで首に押しつけられ、体温が流れ込んでくる。仙台さんとの距離が近づいたような気がして、私は彼女の肩を押した。

「もう一回消毒してよ」

「わかった」

仙台さんが濡《ぬ》れたコットンで私の耳を拭い、ペンを持つ。

消毒液のせいか、耳がスースーする。

「ピアス、どこにつける？」

尋ねられて、「どこでもいい」と答える。

「じゃあ、勝手に決めるよ」

仙台さんが少し迷ってから、ペンで私の耳たぶに印を付ける。そして、ピアッサーを手に取った。

「……宮城《みやぎ》、ほんとにいいの？」

「いいよ」

痛い。

絶対に痛い。

舞香《まいか》は思ったよりも痛くなかったと言っていたけれど、太い針が耳たぶを貫通するのだから痛くないわけがない。しかも、どれくらい痛いか予想できないから怖い。

私はぎゅっと目を閉じる。

でも、いつまで待っても痛みはやってこない。

「仙台《せんだい》さん、まだ？」

目を開けて尋ねる。

「いや、本当に私がしてもいいのかなって」

「してって言ってるじゃん」

「ほんとに開けるよ」

珍しく不安そうな声で仙台さんが念を押すように言う。

「仙台さん、しつこい。早くしてよ」

怖いじゃん。

という言葉はのみ込んでおく。

「じゃあ、いくよ」

言葉とともに、ピアッサーが耳に触れる。

目を閉じてぎゅっと手を握りしめると、バチンッとそれなりに大きな音が鼓膜に響いて耳に痛みが走る。けれど、痛みは一瞬で思ったよりも痛くはなかった。それよりも、耳たぶがじんじんすることが気になる。

「こっちも開けるよ」

コットンが押しつけられて、また耳がスースーする。

今度は目を開けて、仙台さんを見る。

いくよ、という声の後、さっき聞こえたバチンッという音がまた響いて痛みが走る。

仙台さんが息を吐いて、テーブルの上に使い終わったピアッサーを置く。

「大丈夫？」

そう言いながら、仙台さんがピアスをつけた私の耳を消毒してくれる。

「すごく痛かった。今もなんか耳がじんじんしてる」

それほどでもなかった痛みを大げさに伝えて、耳を触ってみる。指に小さくて丸い物が当たって、耳の裏にも今までなかったものがある。

「見てみる？」

はい、と仙台さんから手鏡を渡されて、私は自分の耳を映す。

小さな銀色の飾り。

舞香とお揃《そろ》いではないけれど、よく似たピアスがついている。今までなかった飾りのせいで、自分がいつもとは違って見える。

「変な感じ」

耳をもう一度触って鏡から視線を外すと、私を見ていたらしい仙台さんと目が合った。

「似合ってる」

本気で言っているとは思えない言葉が笑顔とともに告げられる。

仙台さんはときどき嘘《うそ》か本当か判断できないことを言う。

だから、私のピアスを見て言った「似合ってる」という言葉が本当かどうかわからない。笑顔は本心を隠すだけのものに見えて信用できないし、私にピアスは似合わない。鏡の私も似合わないと言っているように思える。

私は仙台さんに返す言葉が見つからなくて、ピアスを触って指先を見る。

「血、少しくらいは出るのかと思った」

ピアスをつけたばかりの耳を触っても指に血はついていない。どういう理屈かわからないけれど、耳に穴を開けても血はほとんど出ないらしい。

「もしかしてこのカモノハシって、血が出たとき用だったの？」

仙台さんがテーブルの上からティッシュを生やしたカモノハシを取って、頭をぽんぽんピアスの開け方を調べているときに血はほとんど出ないと書いてあったし、舞香もほとんど出なかったと言っていた。それでもなにかあったらと思ってティッシュを持ってきたけれど、意味はなかったらしい。

「宮城って結構怖がりだし、心配性だよね」

仙台さんがカモノハシの手をぴこぴこと動かしながら言う。

私はその小さな手を軽く叩く。

「怖がりじゃないし、心配性でもない」

「穴開けるとき、びくびくしてたじゃん」

「仙台さんのほうが不安そうだったじゃん」

「まあね。真《ま》っ直《す》ぐ開けないと良くないって言うし」

仙台さんの視線がカモノハシから私の耳に移る。

そして、黙り込む。

「なんで急に黙るの」

「耳、触ってもいい？」

と叩《たた》く。

「一応」

いいと言っていないのに手が伸びてきて、私はその手を叩く。

「駄目。ピアスしてすぐに触るの良くないって言うから」

「宮城、さっき触ってたじゃん」

「あとから消毒するからいいの」

「どうせ消毒するなら、私が触ってもいいでしょ」

「良くない。大体、なんで仙台さんに触らせなきゃいけないの」

「ちゃんとピアスついてるかよく見たいし、ピアスに指が触れないならちょっとくらい耳触ってもいいでしょ」

「確かめなくても真っ直ぐ穴開いてるし、ちゃんとなってるから、仙台さんは見なくていいし、触らなくていい」

触って確かめるまでもない。

鏡を見ただけで真っ直ぐピアスがついているとわかる。

確かめたいだなんて、良くないことをする口実だとしか思えない。いつだって仙台さんは油断すると変なことをしてくる。

「宮城、知ってる？」

耳を触ることは諦めたのか、仙台さんがやけに優しい声を出す。

「なに？」

「ピアスって穴を開けるときより、開けたあとのほうが痛いんだって」

「調べたし、知ってる」

「そっか」

仙台さんがカモノハシを床に置いて、私の右手を摑《つか》む。反射的に右腕を引くと、結構な力で引っ張り返されて耳たぶよりも上に温かいものが触れた。

手首に仙台さんの指が食い込む。

少し痛い。

でも、それよりも耳が気になる。触れているのは仙台さんの唇で、久しぶりに感じる感触は少しくすぐったくて気持ちがいい。

唇が離れて、今度は強く押しつけられる。

さっきよりも鼓動が速い。

仙台さんのせいだ。

私は左手で仙台さんの肩を思いっきり押す。

「急に変なことしないでよ。ばい菌入るじゃん」

耳が熱い。

指先で仙台さんが触れた部分を撫でる。

「ピアスしてないところだから大丈夫でしょ。それに変なことじゃなくて、痛くなくなるおまじないだから」

仙台さんが過去に聞いたことのある言葉を口にする。

正しい答えが書けるおまじない。

彼女はそう言って、私の体の一部に唇で触れる〝おまじない〟をした。でも、それは大学に合格する方法として彼女が勝手に作ったものだ。

「そんなことで痛くなくなったりしないし」

騒ぐほどのものではないけれど、耳には痛みが残っている。

「即効性のあるおまじないじゃないから」

「仙台さん、そうやって適当なこと言うのやめて」

「私のおまじない、効果あるって知ってるでしょ」

大学に合格したから、私はここにいる。

ただ、合格が仙台さんのおまじないの効果だったのかはわからない。いや、普通に考えればおまじないのおかげじゃない。私が勉強をしたからだ。そして、仙台さんが勉強を教えてくれたからで、おまじないと称したキスは関係がないと思う。

「おまじないって、仙台さんが自分のしたいことしてるだけじゃん」

「じゃあ、宮城のしたいことは？」

「仙台さんがしたいことじゃないこと」

「おまじないはしたくない。――って私が言えば、宮城《みやぎ》がおまじないしてくれるってこと？」

「そういうことじゃない」

「それなら、私におまじないされときなよ」

仙台さんが摑んだままの私の手を引っ張る。体が傾きかけて、手首に張り付いている彼女の手を無理矢理剝がす。

「ちょっと仙台さんっ」

剝がしたはずの手が私の肩を摑む。

仙台さんが近づいて、耳の上のほうに唇が押しつけられた。

ここに来てから、一番距離が近い。

一緒に住むようになってからこんな風に私の体の一部に仙台さんの唇がくっついたことはなかったし、そうならないようにしていた。もっと言えば、ルームメイトらしい位置を探す努力をしていた。でも、今はそういう努力を無にするくらい仙台さんが近くにいて、私に触れている。

「宮城」

耳元で名前を呼ばれる。

息が吹きかかってくすぐったい。

唇がまた押し当てられて、そこが温かくなる。

近すぎる。

離れたほうがいいと思う。

けれど、仙台《せんだい》さんをさっきのように押し離すことができない。

唇とは違うものが触れる。それは舌先で、耳が湿る。言葉通り、ピアスには触れてこない。

舌が動くと、ぞわぞわする。

くすぐったくて、気持ちが悪い。

皮膚の表面を撫《な》でるように舐《な》められて、息が喉で止まる。気持ちが悪いという感覚を気持ちがいいという感覚が押し流しかけ、私は息を一気に吐き出して彼女の肩を押した。

「ちょっと、仙台さんっ。はなれて」

両手に力を入れると、入れた分だけ仙台さんが離れる。ルームメイトと言うにはまだ少し近いような気がするけれど、耳にキスをできるような距離ではなくなる。私は、彼女の近くに置いてあったカモノハシからティッシュを一枚取って耳を拭う。そして、カモノハシで仙台さんの太ももを叩いた。

「いたっ」

仙台さんが大げさに痛がる。

「変なことしないでって言ってるじゃん。大体、ルームメイトはこういうことしない」

「ルームメイトだっておまじないくらいはするでしょ」

「こういうおまじないはしない。仙台さん、ちゃんとルームメイトらしくしてよ」

「だって、宮城が――」

仙台さんが言いかけてやめる。

「私がなに？」

「……ピアス開けてよ、なんて言うから」

「言ったけど、それ以上のことをしてとは言ってない」

私は仙台さんをもう一回カモノハシで叩く。

「痛い」

「ピアスした私のほうが痛い。消毒もう一回して」

仙台さんにコットンと消毒液を渡す。彼女は黙ってそれを受け取ると、コットンに消毒液を浸してピアスの上から押し当てた。

すぐに両耳が拭われて、コットンが離れる。

濡《ぬ》れた耳はひんやりとしている。

仙台さんの唇とも舌とも違う。

彼女が触れたときはもっと熱くて――。

私は消毒したばかりの耳を触りかけて、手をぎゅっと握りしめる。

「もう部屋に戻るから」

ピアッサーに消毒液、コットン。

全部紙袋に入れ、それを持って立ち上がる。

けれど、仙台さんに服を引っ張られて部屋を出て行けない。

「宮城」

「なに？」

「さっきも言ったけど、ピアス似合ってる。可愛《かわい》いと思うよ」

服を引っ張っていた手が離れる。

「お世辞は言わなくていい。こんなのデザインとか関係ないヤツじゃん」

ピアッサーについていたピアスは開けた穴を安定させるためのもので、デザインよりも材質で選んだ。医療用のステンレスでできたそれは、仙台さんが可愛いというほどよくできたデザインじゃないと思う。

「ほんとに可愛いって思ってるんだけど」

「そういうのいいから」

仙台さんに背を向ける。

一歩、二歩と足を進めたところで、また声が聞こえてくる。

「待って。これは？」

振り向くと、仙台さんがカモノハシのカバーがついたティッシュを持っていた。

「それ、仙台さんの部屋に置いといてよ」

「ティッシュなら、もうあるんだけど」

私は彼女のところまで戻る。仙台さんからカモノハシを受け取り、ティッシュからカバーを外してカバーのほうを仙台さんに差し出す。

「はい」

「私の部屋のティッシュにつけろってこと？」

「なにかついてたほうがいいから。つけないなら、またこっちにつける」

「つけとくから貸して」

仙台さんが私からティッシュカバーを受け取って、「あともう一つ」と付け加える。

「なに?」

「ゴールデンウィーク、空いてる日ある?」

まったく予想していなかったことを聞かれる。けれど、頭の中のカレンダーをめくるまでもなく答えることができる。

「あるけど、絶対やだ」

「まだなにも言ってない」

「どうせ出かけようとかそういうのでしょ」

「まあ、そうだけど」

「ほかのことなら考える」

仙台さんとは趣味が合わない。と言っても彼女の趣味がなにかよくわからないけれど、付き合う友だちも大学も違う私たちは重なる部分がほとんどない。映画だって観《み》たいものが違っていた。出かけるより、一緒に家にいたほうがいいと思う。

「じゃあ、どこか空けといてよ。なにか考えておくし」

ティッシュという土台を奪われてくたりとしているカモノハシの頭をぺしぺしと叩《たた》きな

がら、仙台さんが言う。

「わかった」

彼女にもう一度背を向ける。

ドアを開けると、おやすみ、と声をかけられて、私は「おやすみ」と返した。

第5話　宮城を確かめたい

あれから。

私が宮城の耳にピアスをつけた日から、彼女は私の部屋に来るようになった。――と言っても、まだ二回だけだけれど。

一回目は私が漫画を貸してと頼んだときで、宮城がこの部屋まで持ってきてすぐに戻っていった。二回目は今日で、夕飯を食べているときに辞書を貸してと言ったら部屋まで持ってきてくれた。

辞書は、私の部屋にもある。

わざわざ借りる必要はなかったけれど、宮城がまた部屋まで持ってきてくれるのか試したかった。宮城も辞書がただの口実でしかないことに気がついていたと思う。それでも彼女は私の部屋に来て、今、隣に座っている。

ゴールデンウィークに入って暇だから。

連休中、どこか空けておいてと頼んだから。

どちらかに当てはまるのかもしれないし、どちらにも当てはまらないのかもしれないが、とにかく宮城《みやぎ》は隣にちょこんと座って私に貸した自分の漫画を読んでいる。

私は読んでいた漫画を閉じて、ティッシュに被《かぶ》せたカモノハシの手を握る。

長い間、私の定位置は宮城の隣で、宮城の定位置は私の隣だったのに少し落ち着かない。ここに来てから距離があったせいだと思う。

なにか話していれば気が紛れそうだけれど、話すことが見つからない。宮城は漫画を読んでいるから、無理になにかを話す必要はない。話したらうるさいと言われそうでもある。黙っているほうがいいとわかっているが、隣に宮城がいるなら話をしたい。

カモノハシの手を離して、もう一度握る。

体温のない手は、小さくてふわふわしていて頼りない。

共用スペースから私の部屋に引っ越すことを余儀なくされたカモノハシは、これからも宮城がこの部屋に来るというメッセージのようなものだったのかもしれないと思う。そうじゃなければ、私の部屋のティッシュ箱にカバーがついていてもいなくても関係がないはずだ。でも、今まで私の部屋に来ようとしなかった宮城が、どうしてここへ来ようと思ったのかわからない。

私はカモノハシの手をむにゅむにゅと握り続ける。

「仙台さん、それ気に入ったの？」

ずっと静かだった隣から声が聞こえてカモノハシから宮城に視線を移すと、漫画を読んでいたはずの彼女が私を見ていた。

「それって？」

「カモノハシ。さっきからずっと触ってるから、気に入ったのかと思って」

「まあ、それなりに」

そう答えて、カモノハシの頭をぽんぽんと叩く。宮城にティッシュカバーで遊んでいたところを見られたことが気になっているわけではないが、手の行き場がなくなって読みかけだった漫画を開く。ベッドを背もたれにして寄りかかり、一ページ、二ページとページをめくって、五ページ目。宮城の声が聞こえてくる。

「……家庭教師のバイトっていつから？」

私は開いたばかりの漫画を閉じて、隣を見る。

先輩から家庭教師について話を聞いて、私はその場でバイトをすると決めた。

「連休明けからって話。宮城はバイトしないの？」

「しない」

「サークルにでも入るつもり？」

「興味ない。仙台《せんだい》さんこそサークルとか入らないの？」

「入らない。ほかのことに時間使いたいし」

大学に入ってからできた友だちは、口を揃《そろ》えてあのサークルがいいだとか、このサークルがいいだとか言っていた。大学という言葉とセット販売されているみたいによく耳にした。葉月《はづき》はどうするのと聞かれたこともある。けれど、私は交友関係を広げたいわけでもないし、集まってまでしたいこともない。それよりもバイトに時間を使うほうが有意義だ。

宮城が家にいるなら、一緒にご飯を食べるために時間を使いたいとも思う。

「仙台さんって大学入ったら、サークル入ったり、合コン行ったりとか、いかにもって感じの大学生やるのかと思ってた」

「私、そういうタイプに見える？」

「……仙台さん、茨木《いばらき》さんが読む雑誌読んだり、一緒に遊びに行ったりしてたから、大学でもそうするのかと思っただけ」

「なるほどね」

「ゴールデンウィークも友だちと遊びに行きそうだし」

「遊ばない。家にいる」

「なんで家にいるの？」

酷《ひど》く真面目な顔で宮城が聞いてくる。

「なんでって。……なんでだろうね」

宮城がいるから家にいる。

それだけのことだけれど、改めて考えるとその答えはおかしい。私と宮城は一緒に出かけるような仲でもないし、積極的に時間を共有する仲でもない。私が一方的に一緒に出かけたいと思っていたり、時間を共有したいと思っているだけだ。宮城はそういう私に時々あわせてくれている。

私は吐き出しかけたため息をのみ込む。

「宮城は休み中、家には帰らないんだよね？」

彼女の耳にピアスを開けた日、連休中に空いてる日があると聞いた。

でも、予定があるかどうかは聞いていない。

「前にも言ったけど帰らない」

「地元の友だちには会わないの？」

「ゴールデンウィークは会わない」

「じゃあ、予定ないんだよね？」

「舞香《まいか》と出かける」

やっぱり。

思わず声に出そうになる。

予定があるなら宇都宮《うつのみや》と。

そう思っていたから、ため息が出る。

「宇都宮と出かけるなら、私とも出かけようよ」

「舞香と行くからいい。大体、仙台さんと趣味あわないじゃん」

この間、私とは絶対に出かけたくないと言っただけあって、宮城があっさりと答える。

宇都宮となら出かけるが、私とは出かけたくない。

こういう返事は気分が悪い。

面白くないし、胃がむかむかする。

「そうだけど」

趣味は合わないが、一緒に見たいものくらいある。

今は髪で隠れて見えないけれど、宮城は私がつけたピアスをしている。けれど、そのピアスは私が選んだものではない。できることなら、私が選んだピアスをしてほしいと思う。私に約束を思い出させるためのものなら、私が選んだピアスがいい。宮城にもっと似合うピアスを一緒に探しに行きたいと思う。

でも、絶対にピアスを一緒に見に行ってくれないことも知っている。

「宮城、誕生日っていつ？」

誕生日にプレゼントをしても受け取ってくれないだろうけれど、聞いてみる。

「突然なに？」

「誕生日知らなかったなと思って」

「九月」

「それは前に聞いた。九月の何日？」

ペンダントをもらったとき、宮城の誕生日が九月だということを知った。でも、それ以上のことは知らない。

「……今は言いたくない」

嫌な予感でもするのか、宮城が眉間に皺《しわ》を寄せる。

「じゃあ、そのうち教えてよ」

「気が向いたら」

素っ気なく言って、宮城が漫画に視線を落とす。

当然のように隣に座ったくせに冷たいと思う。

「今つけてるピアスってさ、宮城が選んだの？」

「舞香と一緒に買いに行った」

今日の宮城からはつまらない情報しかでてこない。

話をしたいと思っていたが、したかったのはもっと楽しい話だ。知りたくなかったことを聞くために話をしているわけではない。

「髪、耳にかけなよ」

漫画から顔を上げない宮城の髪を引っ張る。

「なんで？」

「ピアス見えないから」

「見せる必要ないし」

「私に見せるためにしたんでしょ、ピアス」

「今はなにも約束してない」

「ゴールデンウィーク空けとくって約束したじゃん」

あれはたぶん、ピアスで縛るような約束ではない。

でも、ピアスをしているか確かめたい。

ピアスホールが安定するまではピアスを外したりしないから、今もつけているはずだと思っている。それでも宮城の耳に、私が開けた穴に、ピアスがついているところを見たい。

まだ高校生だった頃、宮城がペンダントを確かめたがった気持ちがわかる。私も同じように宮城のピアスを確かめたい。

「ピアス、見せてよ」

宮城の右耳に手を伸ばす。文句を言いたそうな顔をしているけれど、宮城は逃げない。私は彼女の黒い髪を耳にかける。

銀色のピアスが目に映る。

私がつけたそれは、宮城が私のものだという印に見える。そういう類いのものではないとわかっているが、宮城が私にピアスホールを開けるように頼んできたことと、宮城の耳に私が自分の手で穴を開けてピアスをつけたことが重なって、特別なものだと感じてしまう。

ピアスに手を伸ばしてやめる。

触れたいけれど、穴を開けたばかりのそこに触れるのはまだ良くないだろうから迷う。

「もういいでしょ」

宮城が耳にかけた髪を戻そうとして、私はその手を掴《つか》む。そして、ピアスをつけた日のように耳に唇をつける。

宮城だって、過去に似たようなことを私にした。

ペンダントにキスをしてきたし、何度も触ってきた。
「仙台さんっ」
宮城《みやぎ》の声が近くで聞こえる。
ピアスに触れないように舌を這《は》わせる。
軟骨に舌先をつける。
少し冷たくて少し硬い。
私の体温を移すように押しつける。
宮城の肩が小さく震える。
いつの間に摑んだのか、彼女の手が私の腕を強く握る。
耳にもう一度キスをする。
一回、二回。
三回目はピアスの上にキスをした。
「そこ、痛いからやだ」
宮城が私を押す。
大人しく離れて顔を見ると、さして痛そうにしていない。
「痛くないところにするから」

耳の上のほうに唇で軽く触れる。

宮城がまた私を押してくる。

「仙台《せんだい》さん、はなれてよ」

唇を強く押しつけて、嫌だ、という意思を伝えると、宮城の手が顎の辺りに触れた。そして、そのまま強く押されて体が少し離れる。乱暴な手を捕まえて文句を言おうとすると、宮城に引き寄せられて耳たぶが熱くなった。

痛い。

とても。

硬いもので耳たぶが挟まれている。

それは宮城の歯で、要するに私は噛《か》みつかれている。彼女はこういうときに手加減をしない。今も思い切り歯を立てられていて、耳が痛くて熱い。私のしたことに対する抗議にしては手荒すぎる。耳が食いちぎられても驚かない。

感覚がなくなってくる。

宮城がしたように、彼女を押し離すべきだと思う。

わかっている。

私はおかしい。

宮城の背中に腕を回す。

彼女を引き寄せて抱きしめる。

耳を挟み込んでいたものが消えて、痛みが消える。

腕の中に宮城がいる。とても、すごく、近い場所にいる。体のくっついた部分から体温が流れ込んでくるから、もっと近づきたくなる。けれど、今以上には近づけない。私が近づきたいと思った分だけ、体が押される。

「なんなの。もっと噛んでほしいってこと？」

怒ったように宮城が言う。

「そうだって言ったら？」

「やっぱり仙台さんって変態でしょ」

これ以上押す必要がないのに、宮城が私の肩を押して距離を取る。そして、カモノハシの背中からティッシュを一枚取って自分の耳を拭った。

「仙台さんも耳、拭いて」

宮城が私にカモノハシを押しつけてくる。

私の耳まで気にしてくれるのは嬉《うれ》しいけれど、気にするくらいなら噛まないでほしいと思う。

　私は感覚が半分くらいになった耳に手をやりかけて、ティッシュを一枚引き抜く。苦情は受け付けないだろうから、本人には言わずに大人しく耳を拭う。

「休み中ってなにするの？」

　ぼそりと宮城が聞いてくる。

　すぐに部屋に戻ってしまうかと思ったけれど、彼女は隣に座り続けている。けれど、私のほうは向かない。

「宮城はなにしたい？」

「なんで私に聞くの。仙台さん、なにか考えておくって言ってたじゃん」

「宮城の意見が聞きたい」

「……じゃあ、それ」

　そう言って、宮城がテーブルの上を指さした。

「タブレット？」

　引っ越し前にはあったものがない部屋には、今までなかったものがあったりもする。その一つがテーブルの上にあるタブレットで、テレビのない部屋でテレビの代わりになっている。

「そう。それで映画かなんか見たい」

悪くないと思う。

というよりも、どこにも出かけずにできることはそれくらいしか思いつかない。

「私の部屋でいい？」

「いいけど、変なことするのなしだから」

「しないって」

「さっきしたじゃん」

「しないって約束する」

断言すると、宮城が私のほうを向いた。

もう一度、宮城の耳に髪をかけてピアスを見る。

ピアスは、宮城という人間の形を私が変えた証《あかし》だ。

それはほんの少しの変化で、小さなアクセサリーを付け加えただけのことでしかなく、気がつかない人もいるかもしれない変化だ。それでも、私にとってそれはとても印象的な出来事だった。

私という存在が宮城の形に影響を与えた。

ずっと残る形で。

どんな約束だって忘れるわけがない。

「仙台さん。約束、破らないでよ」

「大丈夫。破らない」

私はピアスに軽く触れてから、宮城の耳を髪で隠す。

約束を記憶させるだけなら、紙に書いて渡したり、私の部屋のドアに貼っておくことだってできたのに、宮城はそうせずにわざわざピアスに紐《ひも》付けるという方法を選んだ。だから、約束は破らない。

でも、ルールを破ってまたなにか命じられたくもある。

こんなことを考えているなんて宮城には絶対に言わないけれど、そんなことを考えてしまう私がいる。

ただ、今したばかりの約束は破らない。

変なことするのなしだから、という約束には〝私の部屋で映画を観《み》る〟という約束も含まれているはずだ。宮城は言わなかったけれど、私はそう思っている。

「宮城。映画、なに観るか考えといてね」

私はカモノハシの頭をぽんっと叩《たた》いた。

◇◇◇

天気が悪い。

注釈を付けるなら、朝から酷《ひど》い雨が降っている。

世の中の大半の人は、連休中に土砂降りなんてと文句を言っていそうだと思う。けれど、家で過ごしている私には関係がない。問題があるとすれば、タブレットが映し出している映画がつまらないことだ。

「面白い？」

隣で真剣に画面を見つめている宮城に問いかける。

「結構」

「どの辺が？」

「んー、いろいろ」

宮城が返事とは言えない返事を口にする。

タブレットでは、なんだかよくわからないキャラクターが動き回っている。そして、宮城はそれを見続けている。声をかけても私のほうを向きもしない。

タブレットで映画を観る。

連休の過ごし方として宮城から提案されたそれは、共通点の少ない私たちにとって妥当なものだったけれど、共通点が少ない私たちは観たい映画が重ならなかった。どの映画を観るのかは宮城に任せてあったから、文句はない。選択権を宮城に渡したのは私だ。

でも、少しくらい口を出せば良かったと思う。

ゲームが原作らしい映画は、最初は面白かったが、途中からよくわからない話になっている。私がゲームをしないからそう感じるのか判断がつかないが、あまり面白くない。

「宮城、面白いところってどこ」

肩が触れそうなくらい近い場所にいる宮城をつつく。

宮城はなにも言わないし、反応しない。

そういうところも面白くない。

はっきり言えば、この状態に飽きた。

退屈だ。

ここが私の部屋で良かったと思う。映画館だったら、つまらないからといって声をかけたりできない。

「ねえ、宮城」

自分の部屋という利点を活《い》かしてもう一度つつくと、宮城がタブレットに手を伸ばして流れ続ける映像を止めた。

「仙台さん、さっきからうるさい。映画観なくてもいいけど、黙っててよ」

映画を止めた手で、私の肩を押してくる。

思いっきりではなく、軽く押されただけだから怒っているわけではないらしい。でも、声が少し低くて面倒くさそうな顔はしている。邪魔されることが嫌になるくらい映画が面白いことはいいことだけれど、宮城《みやぎ》が面白ければ面白いほど私は面白くなくなるからバランスが悪い。彼女と共有する時間を〝楽しい〟で溢《あふ》れさせることは、酷く難しいことに思える。

「なにか飲む？　持ってくるけど」

私は気分を変えるために立ち上がる。

「……サイダー」

平坦《へいたん》な声が返ってくる。

「わかった。続き観てていいよ」

部屋を出て、食器棚を開ける。グラスを取り出して、息を吐く。

映画の選択権を取り返し、有無を言わせずホラー映画を選んで宮城を怖がらせれば良かった。夜、一人で部屋にいられないようにすれば良かった。宮城が黙ってホラー映画を観てくれるとは思わないけれど、そうすれば良かった。

「……まあ、実際にそんなことしたら、噛まれるか、蹴られるかの二択だよね」

私は冷蔵庫からオレンジジュースとサイダーを出して、グラスに注ぐ。二つのグラスをそのまま持とうか迷ってから、トレイにのせて部屋へ戻る。

タブレットの隣、透明な液体が入ったグラスと橙色《だいだいいろ》の液体が入ったグラスを置く。

「ありがと」

私を待っていたらしい宮城が再生ボタンをタップし、動き出した画面を見る。

私は隣に座って、画面ではなく宮城を見る。

パーカーにデニムパンツ。

天気が悪くて寒いのか、随分と暖かそうな格好をしている。寒がりな宮城らしい。カットソーにロングスカートという私とは対照的だと思う。

髪型はいつもと同じで変わらない。

だから、今日も耳は見えない。

せっかくピアスをしたのに、宮城は耳を出さない。ピアスを見えるようにしたらと言ってもいうことをきかない。恥ずかしいのかもしれないし、そうじゃないのかもしれない。

理由はよくわからないけれど、隠されていると余計に見たくなる。

私は、タブレットだけしか見ていない宮城に手を伸ばす。

耳を隠している髪に触れる。

すぐに宮城が鬱陶しそうに私の手を払いのける。けれど、もう一度髪に触れて耳にかける。

ピアスが見えて、宮城が流れ続けていた映画をまた止める。

「邪魔しないでよ」

宮城の声には答えずに、首筋に触れる。

指先を滑らせると、宮城が顔を顰《しか》めた。

「仙台《せんだい》さん、もっと向こうにいって」

私の肩を思い切り押して、間にカモノハシを置く。

「映画終わるまで、ティッシュよりこっちに手を出さないで」

つまらないことを宮城が言う。

黙っていると、宮城によって一時停止が解除されて画面が動きだす。これ以上機嫌を損ねると面倒なことになりそうで、私はオレンジジュースに手を伸ばし、半分ほど飲んでからテーブルに戻した。

「ねえ、宮城」

返事がないとわかっていて呼びかける。

視線は画面に固定されたままで、私を見たりはしない。

「キスしたい」

変なことはしないという約束を宮城とした。

私はキスを変なことだとは思わないけれど、まあ、たぶん、宮城にとっては変なことに分類されるだろうから、実行には移していない。尋ねただけだ。きっと、口にするくらいなら許される。

「宮城」

私を見ない彼女をもう一度呼ぶ。

「なんで仙台さんとキスしないといけないの」

画面を見たまま宮城が不機嫌な声で言う。

「前はしてた」

「今は前とは違う。ルームメイトじゃん」

宮城が私を見る。

彼女の言葉は面白いものではないが、間違ってはいない。

私はカモノハシをベッドの上に置き、宮城に肩を寄せてもたれかかる。

「仙台さん、重い」

愛想《あいそ》のない声が聞こえてくるけれど、押し離されるようなことはない。

「宮城はキスしたくない？」

「したくない」

「言うと思った」

「だったら、聞かないでよ」

宮城の視線が画面に戻る。

タブレットから騒がしい声がいくつも聞こえてきてうるさい。

「宮城、命令しなよ。今ならなんでもいうことをきくから」

「しないし、きかなくていいから」

宮城は私のいうことをなんでも否定する。でも、今日はそのことにほっとする。ピアスをしても宮城は宮城のままだ。

変わってほしくもあるけれど、変わってしまうことに不安がある。踏み込みすぎて、宮城がこの家から出て行ってしまったらと思うと怖い。だから、今は私のしたいことを一つずつ否定してくれる宮城に安心する。否定されなければ、歯止めがきかない。どこまでも進みたくなる。

「仙台さん、映画観《み》るつもりないでしょ」

宮城が私を押し離す。

せっかくカモノハシをベッドの上にのせたのに、また床に置けそうなくらいの距離になる。

「観たいけど、その映画つまらない」

私はタブレットの電源を切る。

「それ、まだ観てるんだけど」

「ほかの映画観ようよ。ホラーとか」

「絶対にやだ」

宮城が不満を隠さずに私を睨《にら》む。そして、こっちに手を出さないで、と自分で言ったくせに私に手を伸ばした。カモノハシという境界線はないけれど、明らかにカモノハシがあった場所を越えてカットソーの胸元を摑《つか》んでくる。そのまま遠慮なく引っ張られて、私は宮城の手を押さえた。

「そんなに摑んだら、服が伸びる」

高いものではないが、伸ばされたくはない。けれど、宮城は聞こえているはずの声を無視して、さらに服を引っ張ってくる。服を伸ばされたくない私は宮城に傾く。

「宮城、離しなよ」

カットソーを摑んだままの指を剝がそうとするが、剝がれない。宮城の顔が近くなって、首筋に息が吹きかかる。思わず肩がびくりと震える。顔がもっと近づいて、首筋に温かいものが触れた。

くっついたのは唇で、強く吸われる。

針が刺さったときほどではないけれど、鋭い痛みが走る。

舌先が当たって、生温かい。

宮城は離れない。

近すぎると思う。

聞こえるはずのない自分の心臓の音が聞こえる。

さっき流れていた映画の音よりもうるさい。

唇がもっと押しつけられて、もっと強く吸われる。

皮膚を通り越し、体の奥にじんわりと痛みが広がっていく。

絶対に跡が残る。

これは良くないことだ。

わかっているけれど、背中に腕を回したくなる。どうしようかと手が迷って宮城の髪を撫《な》でると、彼女はあっさりと私から離れた。

もう痛みはない。

首がどうなっているのかわからないが、なんとなく予想はできる。

「馬鹿でしょ、宮城。今の絶対に跡ついた」

「仙台さんが悪いんじゃん」

不機嫌に言って、宮城がじっと私の首を見る。

「だからって、していいことと悪いことがある」

突き刺さる視線に首がどうなっているのかわかるが、手鏡を取って確かめる。

やっぱり。

喉の横、首にはっきりと赤い跡が残っている。

「あのさ、宮城。せめて見えないところにしなよ。どうするの、これ」

「見えないところにしたら、仙台さん反省しないでしょ」

「反省とかそういう問題じゃない。最低でしょ、目立つ場所に跡つけるとか」

「仙台さん、休み中どこにも行かないって言ったじゃん。だったら、どこに跡があっても関係ないでしょ」

「自分は宇都宮《うつのみや》と出かけるのに？」

「私は出かけるけど、仙台さんはずっと家にいればいい」

そう言って、宮城が私の肩を押す。

「宮城も家にいなよ」

「やだ。もう舞香《まいか》と約束したもん」

宮城《みやぎ》の声がカチンと頭に当たる。

むかつく、むかつく、むかつく。

すごくむかつく。

鏡をもう一度見る。

赤い跡がはっきりと見える。

それも目立つ場所に。

休み中は家にいると言ったが、一歩も外へ出ないとは言っていない。これから予定が入るかもしれないし、コンビニくらいなら行くことだってあるかもしれないのに、これでは出かけられない。タートルネックで隠すこともできるけれど、季節的にあまり好ましい方法ではない。かと言って隠さずに首に赤い跡をつけて出かければ、見知らぬ誰かに余計な詮索をされることになる。

もし友だちに会うようなことがあったら、絶対になにか言われるはずだ。彼氏ができたと誤魔化せば、会わせろだとか、写真を見せろだとか言われるに決まっているから迂闊《うかつ》なことは言えない。

宮城は本当に極端だ。

キスはしたくないと言ったくせに、平気でこんなことをする。普通、ルームメイトの首に跡をつけたりしない。きっかけを作ったのは私かもしれないが、こんなことをされると宮城がどういう関係を望んでいるのかわからなくなる。

そして、ルームメイトという関係を提示した私も、自分がどういう関係を望んでいるのかわからない。ずっとあやふやなままでいる。

ただ、一緒にいたいとは思う。

ふう、と息を吐いて、鏡を置く。

首に手をやって、跡がついてるところを撫でる。

「宮城」

「なに?」

悪いことをしたと思っていない顔が私を見る。

私はこめかみを押さえて、わかりやすくため息を一つつく。

「……続き、観ようか」

宮城をすぐに許してしまう自分に呆《あき》れる。

私は自分で切ったタブレットの電源を入れ直した。

結局、映画はつまらなかった。

宮城とはやっぱり趣味が合わない。

でも、大学の友だちと約束をするよりも、つまらない映画をまた見たいと思っている。

けれど、出かけるという選択肢を強引に奪うような行為はいいものとは言えない。

真夜中、宮城につけられた跡を見る。

あれから時間が経《た》ったが、鏡に赤い色がはっきりと映っている。

わかっている。

今日つけられたものが今日消えるわけがない。

テーブルの上に手鏡を置いて、ベッドに寄りかかる。

コンシーラーやファンデーションを使えば、目立たなくすることはできる。だが、そこまでして出かけたいとは思えない。

「……家にいるしかないか」

ここにいるなら、わざわざ隠す必要がなくなる。

宮城がつけた跡を気にしながら出かけるのも面倒だし、まだ友だちとは約束していない。連休中、宮城がずっと家にいるわけではないから、私も友だちと出かけてもいいかなと思ったけれど、行きたい場所があるわけではないし、行かなければならない場所があるわけでもない。友だちにならく、連休が終わって大学に行けば嫌でも会える。

宮城が宇都宮と遊びに行くのに私だけ家にいることに不満がないわけではないが、家でだらだらと過ごすことも悪いことではない。

今日、宮城にされたことを考えると不満が大きくなるけれど。

思えば、高校時代から私ばかりが酷《ひど》いことをされている気がする。

たとえば、キスマークの上に切ったレモンをのせたら早く消えるかどうか試すために腕に跡をつけられたり。

たとえば、雨に濡《ぬ》れた制服のボタンを外されて胸元にキスマークをつけられたり。

いつだって宮城はろくなことをしない。

それでも私は、宮城と暮らすことを選んでここにいる。きっと去年の私に今の状況を説明しても信じないだろう。

手のひらで、宮城がつけた跡をぎゅっと押す。

宮城は手加減という言葉とは無縁の存在に見えるが、それでも最初の頃はまだ遠慮があったように思える。今は躊躇《ためら》いがない。

私はベッドから背中を離して膝を抱える。

視線がテーブルの下でぺたりと伸びているカモノハシに向かう。

ティッシュを背中から生やしているそれは、二人で使うものとして買ったものだけれど宮城のもののように思える。おそらく彼女の部屋にあるワニのティッシュカバーに似ているからで、私はそういうものが部屋にあることを自然に受け入れている。昔は部屋に宮城の物が増えていくことが重荷になっていたけれど、今はチェストの中にしまってある宮城の制服もカットソーも私の部屋を構成するものだと思える。

私は立ち上がって、チェストの上からアクセサリーケースを持ってくる。テーブルの上に置き、宮城からもらったペンダントを取り出す。

卒業式があった日、封筒と引き換えに私の手元に残ったペンダントに出番はない。

このペンダントをしていたときのように宮城に触れたいと思う。

映画を観ている宮城にキスしてしまえば良かったと思う。

私は、銀色のチェーンを指にかける。

月の形をした小さな飾りが目に映る。

チェーンを指先で確かめて、小さな飾りをぎゅっと握りしめる。

あの頃に戻りたいわけではないが、あの頃の自分が羨ましく思える。

私はカモノハシを引き寄せてペンダントを頭の上にのせる。ベッドにごろりと横になって、壁をこつんと叩《たた》く。

大きな音を立てたわけではないから返事はないが、隣から物音がする。しんと静まり返った真夜中、耳を澄まさなくてもそれが扉を開ける音だとわかった。

ベッドから体を起こす。

共用スペースへ行くか迷う。

話があるわけではない。

どうしようかと一分ほど考えてから立ち上がる。パジャマ用のスウェットを買って良かったと思う。気軽に共用スペースへ出られる。

ドアを開けると電気がついていて、冷蔵庫の前に立っている宮城が見えた。彼女は見覚えのあるスウェット、と言うより、冬休みに彼女の家に泊まったときに私が借りたスウェットを着ている。

「寝ないの？」

テーブルの手前から話しかけると、「寝るけど、喉渇いたから」と素っ気ない声が返っ

てくる。宮城が冷蔵庫からサイダーを取り出す。グラスに注いで、三分の一ほど透明な液体を飲む。

「仙台《せんだい》さんは寝ないの？」

宮城がグラスを片手に私を見る。

「私もなにか飲もうかなって」

共用スペースへ出てきた理由になりそうなものを口にする。

「オレンジジュース出そうか？」

「んー、宮城が飲んでるヤツでいいや。一口ちょうだい」

「サイダーだけど」

「見たらわかる」

「……じゃあ、残り全部あげる」

そう言うと宮城が私のところまでやってきて、グラスを渡してくる。

「そんなにいらないんだけど」

喉が渇いているわけでもなければ、炭酸が好きなわけでもない。適当な理由に対して半分以上残っているサイダーを押しつけられても困るが、欲しいと言ったのは私だ。とりあえず言葉通り一口飲んで、グラスを返そうとする。けれど、宮城は受け取らない。仕方なく半分ほど飲んでグラスをテーブルに置くと、「仙台さん」と宮城が私を呼んだ。

「明日、出かけるの？」

問いかけられて、静かに答える。

「誰かさんのおかげで、出かけたくても出かけられないんだけど」

「ふうん」

自分から聞いてきたくせに興味がなさそうに言うと、宮城は私がテーブルに置いたグラスを空にした。そして、片付けておくから、と言ってグラスを洗いに行こうとする。

「もう少し話さない？」

私は宮城の腕を掴《つか》む。

「話すことないし」

「なくてもいいじゃん」

グラスを取り上げてテーブルの上に置く。

一歩、宮城に近づく。

手を伸ばして指先で唇に触れる。

「話をするんでしょ」

宮城が眉根を寄せる。その顔は見るからに不機嫌そうで、でも、逃げたりはしない。だから、私は摑んだ腕を離す。

「宮城《みやぎ》がなにか話してよ」

「仙台さんが話をしたいって言ったんじゃん」

「そうだっけ」

私は宮城の頰を撫《な》でて、ぺたりと手のひらをくっつける。

彼女は私がなにをしたいかわかっているはずで、今すぐ逃げるべきだと思う。

「宮城」

呼んでも動かない。

記憶が高校時代と繫《つな》がる。

文化祭の後に呼び出した音楽準備室。

私がいないところで文化祭を楽しんでいた宮城を呼び出して、彼女の腕を摑んだ。そして、キスをされたくないなら逃げればいいと彼女に言った。

あのとき、キスをするつもりではなかったのにキスをしたくなって、宮城に触れた。

今とまったく同じだとは言わないけれど、よく似ていると思う。

宮城に顔を寄せる。

彼女はなにも言わない。けれど、目を閉じるわけでもないから自分から閉じる。

そして、唇を重ねる。

柔らかくて温かい。

よく知っている唇の感触だ。

でも、久しぶりに触れたせいか、壊れそうなくらい心臓がドキドキして頭が真っ白になる。ただ唇を合わせているだけなのに苦しくなって、離れる。すぐにもう一度キスをして、今度は強く唇を重ねる。宮城の腕を掴む。そのまま引き寄せようとすると、手を振りほどかれて肩を押された。

足りない。

もっとキスをしたいと思う。

手を掴む。

また振りほどかれて、今度は足を蹴られる。

「なんで逃げなかったの？」

宮城は、逃げてほしいときは逃げない。どうせ逃げるだろうと思っていると、あっさりと受け入れる。キスをする前に逃げてくれたら、もっとしたいなんて思わずに済んだのにと思う。

「……仙台さんが嘘《うそ》つきかどうか試しただけ。やっぱり嘘つきだった。映画観《み》るって約束したとき、変なことしないって言ったのに」

「あれは私の部屋ではしないってことだから」

「仙台さんのそういうところ嫌い」

宮城は恨みがましい声で言うと、足首の少し上をさっきよりも強く蹴ってくる。

「今のは痛い」

加減はされているけれど結構な力で蹴られたことに文句を言うと、また同じ場所を蹴られた。

「私、部屋に戻るから」

宮城が私に背を向ける。

宣言通り部屋へ向かう彼女が三歩歩いたところで、声をかける。

「宮城は明日なにするの？」

「舞香《まいか》と出かける」

「天気予報、明日も雨だって」

私に背を向けたままだった宮城がくるりと振り向く。

「仙台さん、やっぱり嘘つきじゃん。さっき天気予報見たけど、晴れるって書いてあった」

私が口にした適当な予報は否定される。

「じゃあ、見間違いかも。明後日《あさって》は暇？」

「……暇だけど」

「この跡のせいでどこにも行けないし、また映画観ようよ」

首筋を触って、にこりと笑う。

宮城は私が出かけられない理由を作ったのだから、責任を取るべきだ。有り余る時間を消費する手伝いくらいはしてくれなければ困る。

「仙台さんの好きな映画は絶対に観ないから」

「それでいいよ」

笑顔を崩さずに答えると、宮城が「おやすみ」と今日聞いた中で一番不機嫌な声で言った。

第６話　仙台さんには見せたくない

仙台さんはなにも変わらない。

真夜中にキスをした翌日も、今朝も、お昼ご飯を食べたあとも、キスをする前と同じ顔をして同じ声で喋《しゃべ》っていた。

もちろん私だって変わらない。

今までに何度もしたことを久しぶりにしただけのことだ。

これまで仙台さんからされたことでどうしても嫌なことはなかったし、今回のことも嫌なことじゃなかった。私も彼女を止めなかったのだから、罰ゲームだって必要ない。

でも、約束を破った仙台さんがいつもと変わらない態度でいることに文句がある。

ルームメイトになろうって言ったのは仙台さんなのに。

これから映画を一緒に観る約束をしているけれど、彼女が〝なにもしない〟という約束をまた破りそうで落ち着かない。

私は耳に手をやる。

指先でピアスを触る。

この小さな飾りに約束を破らないと誓ってもらうこともできる。でも、あまり耳を見せたくない。

テーブルの上に鏡を置いて、髪を耳にかける。

小さなスタンドミラーに映るピアスを見る。

ピアスホールが安定するまで約一ヶ月。

外すわけにはいかない。

早く新しいピアスに変えたいわけではないけれど、仙台《せんだい》さんが似合うだとか可愛《かわい》いだとか変なことを言ってきたせいでこのピアスが気になる。彼女の目から隠しておきたくなる。

いつだって仙台さんは余計なことしか言わない。

耳にかけた髪を戻して、時計を見る。

仙台さんとの約束の時間が近づいている。

鏡を片付けようとして、唇に目がいく。

一昨日、私の頬に触れた仙台さんの手が熱かったことを思い出す。なかなか閉じなかった目がやけに真剣だったことも、触れた唇が柔らかかったことも記憶の底から顔を出す。

指先で唇を撫でる。

少し前にもこうして唇に触れたことがある。

メイクをしてあげるという仙台さんの唇を拭って、やっぱり今日のように鏡を見て――。

私の視線は目の前の鏡に固定され、その中に指先で唇に触る自分を見つけて思わず鏡を手で覆う。

「あっ」

皮膚を通して感じる冷たさに後悔する。慌てて鏡から手を離すと、べたりと指紋がついていた。

「あー、もうっ。なにもかも仙台さんのせいじゃん」

私は立ち上がって、部屋を出る。

仙台さんの部屋の前に立って、息を吸って吐く。ドアを二回叩《たた》くと、中から「どうぞ」という声が聞こえてくる。私はもう一度息を吸って吐いてから、ドアを開けた。

「ちゃんと来たんだ」

ベッドを背もたれにした仙台さんが意外そうな声で言う。

「来ないほうが良かったなら部屋に戻る」

来るな、という意味を持つ言葉ではないとわかっているけれど、彼女に背を向けるとドアを閉める前に声が聞こえてきた。

「入りなよ」

柔らかな声に振り向くと、仙台さんが立ち上がって淡い色のスカートが揺れた。

彼女はスカートをはいていることが多いが、私はほとんどはいていない。

ここに来てから仙台さんはそんな私にスカートをはいたらと言ったけれど、一度言ったきりで、それ以来同じ言葉を口にしていない。彼女はいつも対処に困るような言葉を気まぐれに言うだけだ。

「宮城、来ないと思ってた。……あれくらいなら出て行ったりしないし、部屋に来てくれるんだ？」

意味のわからない質問とともに、仙台さんが私の腕を摑《つか》む。そして、私を部屋に引っ張り入れる。

「出て行ったりしないってなに？」

「わからないならいい」

曖昧に仙台さんが笑う。

どういう意図でされた質問か気になってもう一度問い返そうとしたけれど、私から言葉を奪うように仙台さんが「映画、宮城の好きなのでいいよ」と言った。そして、「はい」とタブレットを渡してくる。

私は仕方なく彼女の隣に腰を下ろす。

体の片側がぴりぴりする。

仙台さんに近い肩や腕に電気が流れているみたいで落ち着かない。血の流れを感じられそうなくらい片側だけが敏感になっていて、彼女から少し離れる。

「触ったら罰ゲームだから」

仙台さんとの間にカモノハシのカバーがかかったティッシュ箱を置く。これから観る映画を決めるべくタブレットに視線を落とすと、隣から不自然に明るい声が聞こえてきた。

「たぶん、宮城《みやぎ》が考える罰ゲームは罰ゲームにならないよ」

「なにそれ。どういうこと？」

タブレットから顔を上げて仙台さんを見る。

「ちょっとした警告。罰ゲームは私にとって楽しいことかもって」

「仙台さんにとって楽しいことを罰ゲームにするつもりないから」

「それは楽しくないことを罰ゲームにするってこと？」

「当たり前じゃん」

断言すると、仙台さんがカモノハシの頭をぽんっと叩いた。

「宮城が考える楽しくないことと、私の楽しくないことは違うかもね」

罰ゲームを回避するためのものなのか。

それとももっと別の意味があるものなのかわからないけれど、私が考える楽しくないことが仙台さんにとって楽しいことだとしたら問題だ。

今まで仙台さんは、普通なら断るような命令にも従っている。足を舐《な》めてと言ったときも、目隠しをしたときも断らなかった。罰ゲームが楽しいことだと本気で言っていても不思議じゃない。

「仙台さんの変態」

「私、変態だって言われるようなこと言ってないし、してないけど」

「仙台さん今、絶対になんか変なこと考えてる。あ、エロいことでしょ」

彼女は急にキスしたいと言いだして、それを断ったのにその日の夜にキスをしてくるような人だ。それ以上のことを考えていてもおかしくはない。

「エロいことなんて考えてないよ」

仙台さんがわざとらしくにこりと笑う。

彼女の頭の中を覗《のぞ》けるなら覗いてみたい。

にこにこ笑って変なことを考えていないと言われても信用できない。

「絶対に嘘《うそ》でしょ。仙台さん、エロ魔人じゃん」

「それ、やめて。私がエロいことしか考えてないみたいだから。あと、エロいこと考えてるでしょって言う宮城のほうがエロい。そういうこと考えてないと、エロいなんて台詞《せりふ》でてこないでしょ」

「私は考えてないから。仙台さんの変態、すけべ」

タブレットを床に置いて、代わりにカモノハシの体を掴む。そして、仙台さんの腕を結構な力を込めて叩く。一回、二回とふかふかしたカモノハシの体が仙台さんに当たって、彼女がくすくすと笑う。

「ごめん、全部冗談だから。映画選んで」

はい、とタブレットをまた渡される。

私は仙台さんを軽く睨《にら》んでから、いくつも表示されている映画のタイトルを見る。

この間は、仙台さんが途中で飽きてしまうような映画を選んで面倒なことになった。だから、今日は彼女が大人しく最後まで観《み》てくれそうなものを選びたい。でも、仙台さんが喜びそうなホラーは観たくない。

頭の中にいくつかの映画が浮かぶ。

私はその中から過去にテレビで何度も放送されていて、大人にも子どもにも好まれているアニメ映画のタイトルを口にする。そして、「観たことある？」と尋ねた。

「ないけど、宮城は観たことあるんじゃないの？」

「あるけど、好きな映画だから」

目当ての映画を探して、再生する。

隣にいる仙台さんが気になる。

やっぱり彼女に近い肩も腕もぴりぴりしている。

仙台さんが、二人の間にいるカモノハシをこの前と同じようにベッドの上に置く。

「ちゃんと映画観てよ」

そう言ってほんの少し仙台さんから離れると、彼女が離れた分だけ近づいてくる。仙台さんの腕をべしりと叩くと、「観る」と短い言葉が返ってきて手を摑まれた。

軽く握られただけだから痛くはないけれど、静電気でパチッとなったときのように腕が反応する。思わず手を引きかけると、仙台さんが私の手を強く握った。

「映画、ちゃんと観るから大丈夫」

仙台さんが正しいことのような、そうではないようなことを言う。

「嫌ならはなすけど」

小さな声で付け加えられる。

まあ、手くらいなら。

それくらいなら許してあげてもいい。

手を握り返したりはしないけれど、私は彼女の手はそのままにタブレットへ視線を戻す。

二十分、三十分と時が過ぎていく。

手は繋《つな》がったままで、離れない。

仙台さんはちゃんと映画を観るという言葉を守っている。

何度も観た映画を選んだのは失敗だったかもしれない。

近くにある体温を体の半分が気にしてしまう。

私は視線をタブレットに固定して、映画に意識を向ける。

時間が過ぎ、クライマックスを過ぎて、エンドロールが流れる。

仙台さんは画面を見続けている。

途中、いろいろと話しかけてはきたけれど、この前のように映画に関係のない話はしてこなかった。問題があるとすれば、私たちの間にあった距離がほとんどなくなっていることだ。

今、肩と肩が触れ合いそうなほど近くに仙台さんがいる。

映画を見始めたときはこれほど近くなかった。

もう少し距離があったはずだ。

「アニメってほとんど観ないけど、面白かった」

映画が終わり、仙台《せんだい》さんがこつんと肩を当ててくる。腕と腕がぺたりとくっついて、触れている部分だけ感覚が鋭くなる。

仙台さんの距離感がおかしい。

映画の感想はこんなに近くにいなくても言えるし、もう少し離れてほしいと思う。

「それなら良かったけど。――いつまでこうしてるの？」

私は繋がれた手を持ち上げる。

「宮城がはなしてって言うまで」

そう言うと、繋がったままの手がぎゅうっと痛いくらいに握られた。

「じゃあ、はなして」

「仙台さん、はなして」

「そんなに私に触られるの嫌なの？」

くっついていた腕が離れる。

でも、手は離れない。

力が緩められただけだ。

「なんでそんなこと急に聞くの？」

「嫌なら理由を聞きたいなって」

「仙台さんは私に触られるのやじゃないの？」

仙台さんの質問に答えないまま新たな質問を口にすると、彼女が笑顔を貼り付けたまま口を開いた。

「嫌そうに見える？」

「……見えない」

「じゃあ、今度は宮城が答える番」

早く、と催促するように握った手に力が込められる。痛いほどではないけれど、答えずに逃げることを許さない雰囲気がある。

「別に嫌じゃないけど……」

仕方なく答えると、「ないけど？」と続く言葉を促される。

「ないけど、今ははなして」

触られることは嫌なことではないし、手ぐらい繋いだっていいと思っている。でも、ずっと手を繋がれたままだと落ち着かない。映画を観ている間は気持ちをタブレットに向けることで繋がった手を気にしないようにすることができたけれど、映画は終わってしまった。

だから、手は離すべきだ。

　でも、まだ手は繋がれていて、心臓の後ろになにかが隠れているみたいにそわそわする。

「仙台さん」

　抗議の意味を込めて彼女を呼ぶ。

「はいはい」

　ため息が聞こえてきそうな声とともに手が離される。

　私は自由になった手を握って開く。

　グーとパーを何回か繰り返しても、自分の手のような気がしない。なんだか他人のもののようでじっと手のひらを見ていると、仙台さんの声が聞こえてきた。

「映画終わったけど、なにかしない？　ご飯にするには早いしさ」

「もう部屋に戻る」

　そう言って立ち上がろうとしたけれど、仙台さんに服の裾を摑《つか》まれる。

「もう少しここにいなよ」

　ぐいっと引っ張られて、カットソーの裾が少し伸びる。

　このまま無理矢理立つこともできるけれど、裾が伸びたカットソーを作りだすというのも面白くない。私は座り直すことを選んで、仙台さんに文句を言う。

「はなしてよ」

「さっき、触ったら罰ゲームって言ってたけど、それはしなくていいの？」

「しない。はなして」

「宮城《みやぎ》のせいで私のゴールデンウィーク潰れたんだけど」

仙台さんが摑んでいた私の服を離して、自分の首筋を指さす。

指の先には、私が付けた赤い跡がある。

それは昨日もそこにあった。薄くはなったけれど、今日も消えてはいない。

「もう少しくらい私に付き合ってくれても良くない？」

鬱陶しいくらいの笑顔を仙台さんが向けてくる。

「……なにするの？」

「そうだなあ。宮城にメイクするとかどう？」

「やだ」

「いいじゃん。絶対に可愛《かわい》くしてあげるから。髪も、ピアスがよく見えるようにしてあげる」

仙台さんが私に手を伸ばして、髪に触る。そして、そのまま髪を耳にかけようとしてきたから、私は彼女の手を払いのけた。

「やだってば。髪、触らないで」

思いのほか強い声がでて、自分でも驚く。仙台さんの笑顔が固まりかけていて、私は「ごめん」と付け加えた。

髪を触られたくないわけじゃない。

ピアスを見せたくないだけだ。

でも、それを口にはしたくない。

部屋の空気が半分凍ったみたいになっていて、対処に困る。どうすればいいのかわからなくて立ち上がろうとすると、仙台さんが明るい声で言った。

「髪、触らないからメイクさせてよ。薄くでいいからさ」

仙台さんが気を遣っているとわかるから、断りにくい。かといって、メイクはされたくない。

私は膝を抱えて、妥協案を口にする。

「ほかのことにしてよ」

「じゃあ、ちょっと着せ替え人形になって」

「着せ替えって、仙台さんの服を着るってこと?」

「そういうこと。宮城に似合いそうなの貸すから着てよ」

「どうしてそんな変なことしか言わないの」

なんでもかんでも断りたいわけではないが、仙台さんの提案は受け入れにくいものばかりだ。もう少しまともなことを言ってほしいと思う。

「別に宮城のしたいことでもいいけど、なにかある？」

「……ないけど」

「ならいいじゃん。したいことがないなら、メイクか着せ替えかどっちか選んでよ」

彼女のおもちゃになりたくはないけれど、どちらも嫌だという選択肢はないらしい。新たな選択肢を増やすために私がしたいことを考えてみるが、この部屋でしたいことなんて思い浮かばない。

舞香《まいか》とだったらなんとなく会話が繋がって、たわいもないことを話して時間を潰せる。でも、仙台さんとはなんとなく会話が繋がるような共通点がないし、こういうときになにをすればいいのかわからない。

はっきりしていることは、メイクをしたところも、仙台さんの服を着たところも彼女には見られたくないということだ。どちらを選んでも、仙台さんは絶対になにか言うから見せたくない。

「宮城が選ばないなら、私が選ぶけど」

「どっちか選ばなきゃいけないなら、服貸して」

　メイクを選べば仙台さんに顔を触られるし、髪だって触られるに違いない。耳を触られてもおかしくない。そう考えると、服を借りるほうがマシなことに思える。

　――着せ替え人形になんてなりたくはないけれど。

　大体、仙台さんと私はスタイルが違う。

　スカートにしてもパンツにしても、ウエストが入るか気になるし、ファスナーが閉まらなかったら格好が悪い。顔の作りだって違うし、彼女の服が似合うとは思えない。

「じゃあ、着せ替えね。宮城、こっち向いて」

　仙台さんが膝を抱えている私の腕を引っ張る。

「どっち向いててもいいじゃん。早く服だしてよ」

「いいから、こっち」

　ぐいっとさらに腕を引っ張られて、私は渋々体の向きを変える。

「とりあえず服脱いで」

　そう言うと、仙台さんが当たり前のように私のカットソーの裾を掴んだ。そして、そのまま裾をまくろうとしてくる。

「ちょっと待って」

私は慌てて彼女の手を押さえる。

「ん？」

「ん、じゃなくて。自分で脱ぐから出てってよ。っていうか、先に服だしてよ」

「服は、宮城が着ているものを脱いだら渡す。あと、出てってって、ここ私の部屋なんだけど」

間違っているのは仙台さんのはずなのに、こっちが間違っているみたいに私を見てくる。どう考えても彼女の主張はおかしい。確かにここは仙台さんの部屋だけれど、普通は替えの服を用意する前に着ているものを脱げと言ったりしない。

「仙台さんの部屋とか関係ない。服、先に貸して」

手を出して催促するが、仙台さんは服を渡してくるどころか、私に近づいてカットソーの裾から手をするりと中へ滑り込ませた。

彼女の手のひらが私の脇腹を撫《な》でる。

さわさわと手が体の上を這《は》って、肋骨《ろっこつ》に触れる。

くすぐったくて、私はいらないことしかしない手をカットソーの上から捕まえた。

「仙台さん、やっぱりエロいことしか考えてないじゃんっ」

「エロいことなんて考えてないって。早く脱ぎなよ。脱がないと服着られないでしょ」

「絶対に脱がないから。とにかく服を先に用意して、着替えが終わるまで外にいてよ」

「駄目。私がいるところで着替えるのが嫌なら、メイクにしなよ。それなら服を脱がなくてもいいでしょ」

答えは最初から決まっていた。

いつも仙台《せんだい》さんはそうだ。

選択肢を用意するくせに選ばせてくれない。

「仙台さん、むかつく」

やけに近くにいる彼女を睨《にら》むと、脇腹にくっついていた手が服の中から出ていく。

「宮城、もう一度選ばせてあげる。メイクと着せ替え、どっちがいい？」

「……仙台さんの好きにすればいいじゃん」

「じゃあ、メイクね」

そう言って、仙台さんがそれなりの大きさのケースを持ってくる。そして、私の前に座り直すと、髪はなるべく触らないようにするから、と付け加える。

真っ正面、仙台さんがにこやかにヘアバンドを取り出す。

「宮城、ごめん。邪魔になるから少し髪触るね」

なるべく触らないはずだった髪が真っ先に触られる。ヘアバンドによって前髪を上げられ、耳にも髪をかけられて結局ピアスが見える。

面白くない。

メイクをするなら髪が邪魔になるだろうことはわかっていたから、こうなるだろうとは思っていた。断ってこの部屋から出ていっても良かったのにそうしなかったのだから、自業自得《じごうじとく》だ。わかっているが、眉間に皺《しわ》が寄る。

「一度、メイクしたかったんだよね」

弾んだ声が聞こえる。

私とは違って、仙台さんは随分と機嫌が良さそうだ。

「じゃあ、下地から」

ケースから小さな容器が取り出され、クリームのようなものをおでこや鼻の上にのせられる。顔に触れなければメイクができないことを考えると当たり前だけれど、仙台さんが近い。でも、目が合いそうで合わない。彼女は真剣な目で、私の顔の上に置いた下地を塗り広げている。

落ち着かない。

どうしていいかわからなくて目を閉じると、待っていましたとばかりに目の周りにも下地が塗られる。

「次はファンデーション」

わざわざ説明してくれる理由はわからないけれど、宣言とともにケースからなにかを取り出すカチャカチャという音が聞こえる。そして、顔にファンデーションであろうものが塗られていく。

画用紙にでもなった気分だ。

下地だとかファンデーションだとか立派な名前がついているだけで、顔に絵の具を塗っているのとそう変わらない気がする。

黙って座っているだけだから楽と言えば楽だけれど、することがないからつまらない。喋《しゃべ》ろうとすると仙台さんが喋るなと言うし、顔が気になって触ろうとすると触るなと言われる。

なにをしようとしても止められているうちに、憂鬱な気分になってくる。それでもしばらくすると、仙台さんの手が止まって私は目を開けた。

「もういいでしょ」

そう言うと、真面目な顔をして私を見ている仙台さんと目が合う。

「これからじゃん。今までのは準備でしょ、準備」

「飽きた。じっとしてるだけだし、つまんない」

私はケースの中からなにかを取り出そうとしている仙台さんの手を掴《つか》む。

「宮城《みやぎ》、もう少し我慢しなよ」

「やだ」

「やだ、じゃなくて。あと十分でいいから顔貸して」

「じゃあ、五分」

そう言って手を離すと、仙台さんが小さく唸《うな》る。そして、私の顔をじっと見てからケースからなにかを取り出して、目を閉じろだとか開けろだとか指示してくる。結局、眉と目を触られているうちに五分が経《た》って、私は「もういいでしょ」とまた口にした。

「五分なんて短すぎて終わらないんだけど」

仙台さんが不満そうに言う。

「でも、五分って約束したじゃん」

「じゃあ、あとチークとリップの二つ。すぐ終わるから」

いいと言っていないのに、仙台さんがケースの中からチークらしきものとリップを取りだしてテーブルの上に置く。

言い争っても疲れるだけだし、今さら部屋に戻っても顔は画用紙にされている。

「絶対にその二つで終わりって約束してよ」

ピアスに誓えとは言わなかったけれど、仙台さんが私の耳をちらりと見て「わかった」と言う。そして、チークを手に取って、絵筆よりも大きなブラシで私の頰を撫でた。

彼女が私にしていることは、顔に新しい顔を描いているようなものに見える。美術の成績と連動していそうな技術で、私には向いていない。美術の成績はあまり良くなかった。

「リップ、直接塗るから」

仙台さんが宣言する。

でも、触れたのはリップではなく彼女の指先で、ふわりと置かれた指が動く。

下唇の真ん中から端へ。

ゆっくりと私の唇を辿《たど》る。

過去に何度もこういうことがあった。

仙台さんは、意味もなく唇に触ったりしない。

心臓がぎゅっと縮んだような気がして、私は彼女の腕を押す。

「リップ塗るんでしょ」

抵抗することなく指先が離れて、仙台さんの指の代わりにリップが唇にくっつく。

勝手にこめかみがぴくりと動く。

リップはあまり好きじゃない。ベタベタする感じが苦手で、唇が荒れたときくらいにしか使わない。今も塗られたそれをすぐさま拭ってしまいたい気分になっている。仙台さんの手を押したくて仕方がないけれど、自分の手をぐっと握って我慢する。

手元が狂って、唇以外にもべたべたしたものがつくのは嫌だ。

爪が食い込むほど握った手が痛くなってきた頃、唇からリップが離れる。

「できた。それ、取っていいよ」

仙台さんがヘアバンドを指さす。

言われた通りに前髪を上げているそれを取ってしまうと、手鏡を渡された。

「感想は？」

催促されて鏡を見る。

映っているのは私で、でも、私ではない誰かが映っているように見える。

唇に視線を移すと、仙台さんと同じ色に塗られていた。

あまり似合っているようには思えない。目の前にいる仙台さんの唇と同じ色なのに、まったく違うものに見える。

触ってはいけないとわかっているけれど、指先で触れる。

いつもとは違って唇がべたべたしている。

リップを塗った仙台さんとキスしてもそれほど気にならないのに、自分の唇に塗られるとやけにべたついた感じがするのは何故《なぜ》だろう。

「宮城、感想」

また催促されて、私は鏡ではなく仙台さんを見た。

「……顔色が良くなった」

「間違ってはいないけどさ。可愛《かわい》くなったって言いなよ」

「変な感じしかしない」

「変じゃないって。可愛くしようと思ってメイクしたんだから可愛いに決まってる」

「あんまり似合ってない」

「可愛いって、本当に」

思っていた通り、仙台さんはからかっているとしか思えない言葉を口にする。本気で言っているなら眼科にでも行ったほうがいいと思う。眼科が必要ないなら、黙っていてほしい。余計な言葉は聞き慣れない言葉で、何度も言われると背中がむずむずする。

「自分でできるようにやり方教えてあげようか？」

「いい。しないから」

私は仙台さんに鏡を返す。

「自分でする気がないなら、私がしてもいいけど」

「しなくていい。もう気がすんだでしょ。これ落としてくる」

「待ちなって。せっかくメイクしたんだしさ、今からご飯食べに行かない？」

「行かない。仙台さんとは出かけないって連休前に言ったじゃん。それに、これはいいの？」

　私は、仙台さんの首筋に触れる。

　彼女につけた跡はまだ消えていない。

「……忘れてた」

「まだはっきり残ってるけど」

　言うほどはっきりというわけじゃない。

　隠そうと思えば隠せるはずだ。でも、隠して出かけたいなんて言われても困るし、隠されるのはつまらない。連休が終わっても消えなければいいのにと思う。

「やめとこうかな」

　仙台さんが、はあ、とため息をついてベッドに寄りかかる。指先で確かめられるわけがないのに、仙台さんが手で首を触る。見えていた赤い跡が彼女の手で隠れて、私はその手を摑んだ。

「なに？」

仙台《せんだい》さんが驚いたように言う。

「動かないで」

「命令？」

「違う。でも、仙台さんのいうことをきいてメイクさせてあげたんだから、私のいうこともきいてよ」

ベッドを背もたれにしたままの仙台さんと目が合う。

摑んだ手を引っ張って離すと、赤い跡が見える。

仙台さんは動かない。

指先で彼女の唇に触れる。

私の唇ほどリップは気にならない。今までキスをされても嫌だと思ったことはなかった。

指先を滑らせて顎を撫《な》でて、赤い跡まで滑らせる。

命令をしたわけではないけれど、仙台さんは私の手を捕まえたりしない。首筋に顔を寄せて唇で赤い跡に触れると、仙台さんの喉が動いた。

「もう連休終わるんだけど」

「知ってる」

だから、目立つ場所に跡を残すつもりはない。

仙台さんのブラウスのボタンを二つ外す。

鎖骨の少し下あたり。

唇を押しつけて、強く吸う。

唇から伝わってくる仙台さんの体温が、いつもより少し高いような気がする。

「宮城、跡がつくって」

肩を叩《たた》かれて、唇を離す。

この間ほどではないけれど、赤い跡がついている。

でも、目立たない場所だから問題はないはずだ。

「仙台さん、私に触られるのやじゃないんでしょ」

「これって触る以上のことじゃない？」

「仙台さん、細かい」

首筋に顔を埋める。

今つけたばかりの跡に歯を立てる。

軽く噛《か》んでから、舌を這《は》わせる。

仙台さんとの距離が今日一番近い。

いい匂いがする。

バスルームに置いてある彼女のシャンプーを使っても、同じ香りになるとは思えない。メイクをしても、私と仙台さんはまったく違う。彼女のほうが綺麗《きれい》で、頭も良くて、同じことをしても同じにはなれない。

仙台さんの首を噛む。

力を入れると、歯が皮膚に埋まっていく。

同化するわけではないけれど、もっと近くなったような気がする。でも、すぐに仙台さんから、痛い、という声が聞こえて噛むのをやめる。うっすらとついた歯形を舐《な》めて耳の下に唇をつけると、腕を摑《つか》まれた。

「これ、もしかして罰ゲーム？」

仙台さんが思い出したように言う。

「違う」

「じゃあ、なんなの？」

これは命令でもなければ、罰ゲームでもない。

ただ彼女にずっと跡を残しておきたいだけだ。

それはピアスのようなものでもいい。でも、仙台さんはそれを許さないからこういうことになっている。

「なんだっていいじゃん」

大学が始まって、そのうち家庭教師のバイトも始まって。

どんどん私の知らない仙台さんが増えて。

その中に私が少しくらいいたっていいと思う。

ちょっとした跡がついて回るくらい許すべきだ。

「よくない。なんで？」

仙台さんがいつもなら追及しないようなことを追及してくる。

でも、何度尋ねられても答えは口にしたくない。

仙台さんが私の知らないところで知らないことをしているから。

そんなことを言えるわけがない。素直に答えたとしても、それは跡をつける理由にはならないと言われるに違いない。

私は仙台さんの体温を強く感じるほど舌先を押しつけて、首筋を舐める。やっぱり彼女の体はいつもより熱い。

耳の下に唇をくっつけて軽く吸う。跡がついたかわからないけれど、舌を這わせて耳たぶに唇をくっつける。首筋に比べると冷たくて気持ちがいい。

「ちょっと宮城《みやぎ》。これ以上はヤバい」

仙台さんが摑んだままの私の腕を強く握る。

それでも耳たぶを舐めて歯を立てると、背中に腕を回されて抱きしめられた。

「そういうのやだ」

仙台さんの体を軽く押すと、耳元で声が聞こえる。

「続けるつもりなんでしょ？　だったら、私のしたいことも少しくらいは受け入れなよ」

「はなして」

私の声が聞こえているはずなのに、背中に回された腕に力が入る。

「仙台さん、もうしないからはなしてよ」

さっき軽く押した仙台さんの体を強く押すと、彼女の腕から解放された。

「宮城、すぐこういうことするのやめなよ」

仙台さんが鎖骨の少し下を撫でながら私を見る。

「仙台さんには言われたくない」

断りもなく相手に触れるのは私だけじゃない。

仙台さんだって私に触れるし、キスだってしてくる。それを考えたら、私がなにをしたって仙台さんは文句を言えないはずだ。

「宮城」

　私を呼んで仙台さんが、はあ、と息を吐く。

「なに？」

「今度、ご飯食べに行かない？」

　予想していなかった言葉が聞こえて、私は思わず「いいよ」と口にしてしまう。行きたくないわけではないけれど、こんな風に答えを引き出されると面白くない。

「じゃあ、約束ね」

　文句を言う前に、仙台さんが私の腕を摑む。距離があっという間に縮まって、髪の上からだけれど仙台さんの唇が私の耳に触れる。

　ピアスの上、しっかりとキスをされる。

「なんですぐそういうことするの」

　文句を言うと、「指切りの代わり」と軽い声が返ってくる。

「普通に指切りしてよ」

「約束を忘れないためのピアスなんだし、これくらいいいでしょ。ちゃんと誓っておかないと、約束忘れちゃうかもしれないし」

　仙台さんが当然のように言って、私は違和感に気がつく。

「待って。おかしいじゃん。このピアスは、私が言った約束を仙台さんが忘れずに守るためのピアスで、仙台さんが言いだした約束を私が守るためのものじゃない」

「宮城、細かい」

仙台さんが私の言葉を受け流す。

そして、私が外したブラウスのボタンを留めた。

幕間《まくあい》　宮城に言うおかえり

片手にコンビニの袋、片手に新しい鍵。

玄関のドアを開け、中に入る。

「ただいま」

少し大きな声に返事はない。

この家には誰もいないから返事がないことは当たり前のことなのだけれど、私にはそれが嬉《うれ》しい。だから、もう一度「ただいま」と声に出してみる。

やっぱり返事はない。

大学へ通うべく引っ越してきたこの〝家族がいない家〟は、私がずっとほしかったものでやっと手に入れたものだ。高校生だった私は〝ただいま〟に返事がない家に住んでいて、それを受け入れてはいたけれど、人がいるのに返ってくる声がない家に向けて発する〝ただいま〟は私自身を削る行為に等しかった。

両親との楽しかった思い出。

姉との楽しかった思い出。

人がいるのに声が返ってこない家に向かって〝ただいま〟と言うたびに、〝楽しかった私〟がそぎ落とされていった。

けれど、新しいこの家は私を削るものがない。

誰もいない家に響く〝ただいま〟がこんなにも素晴らしく、いいものだとは思わなかった。引っ越してきて良かったと心の底から思う。ここに来てから何度も〝ただいま〟を言ったけれど、もっともっと言いたくなる。誰もいないことを堪能《たんのう》したくなる。

でも、あと一時間ほど――二時過ぎには、誰もいない家は〝宮城がいる家〟になる。

それは、私にとって〝家族がいない家〟に引っ越してきたことよりも嬉しいことで、宮城が引っ越してくる今日を心待ちにしていた。

「ただいま」

私は飽きもせずまた小さく呟《つぶや》いて靴を脱ぐ。玄関は、家族と住んでいた家よりも狭いけれど私にとっては丁度いい。短い廊下を通り、共用スペースであるダイニングキッチンへ行く。冷蔵庫に、コンビニで買ってきたサイダーと麦茶を入れる。そして、サンドイッチとオレンジジュースをテーブルの上へ置き、鞄《かばん》も置く。そのまま椅子に座って、ダイニングキッチンを見回す。

共用スペースに置いてある家具や家電は、私たちの親から渡されたお金で、私が値段とデザインと妥協で選んで揃《そろ》えたものだが、悪くはないと思う。本当は宮城と一緒に選びたかったけれど、彼女は「仙台《せんだい》さんに任せる」というメッセージとともにすべてを私に放り投げてきた。

まあ、宮城らしくはあるけれど。

私は買ってきたばかりのサンドイッチを食べる。

あまりお腹《なか》は空《す》いていないが、少し遅いお昼ご飯を胃に詰め込む。食べ終わってオレンジジュースを飲んでいるとスマホが鳴り、鞄から取り出す。

画面には羽美奈《うみな》の名前が表示されていて、メッセージを確認すると『夏になったら泊まりに行っていい？』と書かれていた。

ここに引っ越してきてから、羽美奈から何度も似たようなメッセージが届いている。

新しい家に遊びに行きたいだとか、五月の連休に会いたいだとか。

スマホに降り積もっていくメッセージは高校生だった過去と今を繋《つな》ごうとしているけれど、私の心を動かすようなものではない。だが、邪険に扱って、関係を断ってしまうほどでもない。だから、高校時代の友だちには、高校時代の私を呼び戻して返事をする。

『ルームメイトいるし、難しいかも』

無難な返事を送って、スマホをテーブルの上に置く。

ほしいのは、羽美奈からの連絡ではない。時々届く麻理子《まりこ》からのメッセージでもない。

高校を卒業してから滅多にメッセージを送ってこない宮城からの連絡だ。

でも、願いは届かない。

当たり前だ。

彼女は用もないのに私に連絡してきたりしない。

私はテーブルに突っ伏す。

用もないのにと言えば、姉からメッセージが一回だけ届いた。

はあ、と息を吐く。

それは引っ越しが終わったのか尋ねるだけの無意味なもので、終わった、とだけ返しておいた。

交流は途絶えているも同然なのに、どうしてわざわざメッセージを送ってきたのかはわからないし、知りたいとも思わない。

体を起こし、オレンジジュースを飲みきる。

テーブルの上のゴミを処分して、つまらない記憶を上書きするべくスマホに宮城の名前を表示させる。

『やっぱり迎えに行こうか？』

すでに同じことを聞いて断られているが、また尋ねるメッセージを送る。当然、羽美奈や麻理子にメッセージを送ったときのようにすぐに返事がきたりはしない。五分、十分と待っていると、『一人で行ける』と素っ気ないメッセージが画面に表示される。面白くない返事ではあるが、宮城《みやぎ》らしいし、返事が来るだけマシだと思える。

「待ってるしかないか」

テーブルの上にスマホを置き、立ち上がる。

私の部屋と宮城の部屋。

部屋は隣同士で、視線の先にはドアが二つ。

宮城は「先に引っ越した人が部屋を選べばいい」と言っていたから、私が先に選んで、残った部屋が宮城の部屋になった。と言っても、部屋の広さは同じだから選ぶことに大きな意味はない。私の部屋と宮城の部屋という区別をしただけだ。

私は〝私の部屋〟のドアを開ける。

見慣れない部屋には見慣れない家具が置いてある。

小さめの本棚とチェスト。

今までよりも安っぽいベッドと布団《ふとん》。

どれもシンプルなものだけれど、ベッドは私が貯《た》めたお金で買った私のものだ。大学を卒業するまでの四年間は、親の世話になることが決まっている。私のお金で生活するわけではないから、親との関係を完全に絶てたわけではない。

だから、せめて。

私が眠るものくらいは、自分で手に入れたかった。

もう家族が住む家には戻らない。

その決意を新たにするためのものでもあるし、眠る場所が私のものであれば私が私でいられそうだと思う。

部屋の中をくるりと一周まわって、ベッドに座る。

目に映るものは、新しく買ったものだけではなく、家から持って来た古いものもある。たとえば本や洋服、鏡なんてものは家から持って来ている。でも、大切なものが一つ欠けている。

——百万円が貯まる貯金箱。

それは高校一年生のときに買ってから、ずっと私の部屋にあったもので、この部屋には存在しない。開け口がついていなかったあの貯金箱は、この部屋を契約するために缶切りで開ける必要があって、開けた瞬間に貯金箱ではなくなってしまったから持ってこなかった。

でも、代わりに、私のルームメイトがもうすぐこの家へやってくる。

「嘘《うそ》みたい」

部屋を契約して、卒業式の日に封筒を宮城に渡した。

あの日、宮城がルームメイトになることを選んでくれると信じていたわけではなかった。

私がしたことは強引過ぎたし、宮城なら断ってきてもおかしくないと思っていた。

私は立ち上がり、部屋をもう一周する。

今日から宮城とルームメイトになると思うと落ち着かない。

立ち止まって、くるりと回って、檻《おり》に閉じ込められた動物のようにうろうろと歩き回り、ダイニングキッチンへ行く。

普段、こんなに落ち着かないことはない。

私は宮城のことになると、普段の私ではいられなくなる。

テーブルの上に置いたスマホを見る。

宮城からメッセージは来ていない。

振り向いて二つ並んだドアを見る。

宮城の部屋に近づき、ドアをノックする。

当たり前だけれど、返事はない。

そっとドアを開け、中を見る。

殺風景でがらんとしている。

ここは宮城の部屋だけれど、家具も段ボールも届いていないし、まだ彼女のものになっていない。

「宮城ってなに持ってくるんだろ」

週に一回か二回、それ以上のときもあったけれど、宮城の家に通い続けたから彼女の部屋にあったものは思い出せる。でも、あの部屋からなにを持ってくるのかは聞いていないから、今見ているこの部屋がどんな部屋になるのか想像できない。

宮城という人間は本当にケチだ。

私にはなにも教えてくれない。

あの部屋には私が何度も読んだ漫画や小説があって、続きを楽しみにしているものもある。けれど、その漫画や小説たちがこの部屋に並ぶのかどうかすら教えてもらっていない。

私は部屋の中には入らずにドアを閉める。

そして、テーブルの上のスマホを凝視する。

時計は進まない。

宮城は、もうすぐ着くとか、あとちょっとだとか、そういう連絡をしてこない。

一分が長い。

六十秒でしかない一分が百秒にも二百秒にも感じられる。誰かが時間の概念をねじ曲げたとしか思えない。部屋の中を歩き回っても時間が早く進んだりしないことくらいわかっている。それでも足は勝手に動き回り、ダイニングキッチンを一周して椅子に座ってパタパタと動いたりする。

卒業式の日を最後に、宮城に会っていない。

あれから何日も今日という日を待っていたのだから、今さら十分や二十分待つことくらいどうということもないはずなのに、そわそわして体のどこかが常に動いている。引き延ばされた時間が見えるようで、じっとしていることができない。

小刻みに動く足を止め、スマホを見る。

この家に足りなそうなものをネットで探して、頭にインプットしていく。でも、どれだけ入力してもすぐにこめかみの辺りからぼろぼろと零《こぼ》れ出ていく。見たものがなにも残らない頭を叩《たた》いて深呼吸を三回すると、耳がぴくりと動いた。

ドアが開いた音が聞こえたような気がして、立ち上がる。

玄関へ行こうとすると、ダイニングキッチンのドアが開いて宮城が現れる。

鍵は送っておいたから、インターホンを鳴らさずに家へ入ってきたことに文句はないが、家に着くことを予告するなんて誰でもできるようなことをしない宮城には文句がある。彼女が連絡をしない人間だとわかっていても、駅に着いたとか、家の前に着いたとか、一言くらいあっても良かったのではないかと思ってしまう。だが、私は彼女に文句を言うよりも先に言わなければならないことがある。

「宮城。おかえり」

何度か見たことがあるパーカーにデニムパンツをはいた宮城に微笑《ほほえ》みかけると、彼女は不思議そうな顔をした。

「おかえり、なの？　いらっしゃい、じゃなくて？」

「この家はもう宮城の家だから〝おかえり〟であってる」

卒業式の日、宮城がペンダントではなく〝封筒〟を選んだ瞬間にこの家は宮城の家だと決まったし、私が先に引っ越しをすることになった日に彼女を迎える言葉が〝おかえり〟だと決まった。

「……ただいま」

頼んだわけではないけれど、おかえりの対になる言葉を宮城が口にする。

嬉《うれ》しい。

部屋の窓から外に向かって大声で〝おかえり〟と言いたいくらい嬉しい。

〝ただいま〟と〝おかえり〟。

私は、この二つが揃《そろ》う日をずっと待っていたのだと思う。

「おかえり」

もう一度言うと、もう一度「ただいま」と返ってくる。私は宮城に荷物を置くように言って、「部屋案内する」と告げる。

「案内するほど広くないじゃん」

「そうだけど、こういうのは気持ちでしょ」

にこりと笑うと、宮城が床に荷物を置いて「案内したければすれば」と平坦《へいたん》な声で言う。

彼女に愛想《あいそ》がないのはいつものことだから気にならない。

脱衣所、トイレ、バスルーム。

私はそう広くはない家の中を案内して、ダイニングキッチンへ戻って来る。

「ここがダイニングキッチンで、共用スペースの案内は終わり。あと、宮城の部屋はあっち。隣が私の部屋ね」

「……ありがと。部屋に荷物置いてくる」

「待って。とりあえずなにか飲む？　サイダーと麦茶あるけど」

「いらない」

素っ気ない声が聞こえてくるが、私はまだ宮城を解放したくない。

「久しぶりに会ったんだし、少し話さない？　元気だった？」

「元気。そんなの見たらわかるじゃん」

「見たらわかることだって聞かないと正しいかわからないでしょ」

「そうかもしれないけど。……仙台《せんだい》さんは？」

「見ての通り元気だよ」

笑顔で答えると、そこで会話が途切れる。

急にダイニングキッチンが静かになり、宮城が困ったようにパーカーの紐《ひも》を引っ張って指に巻き付ける。久しぶりの沈黙は、今までのようにやり過ごせない。私はテーブルを指先で弾いて宮城を見る。彼女は指に巻き付けていたパーカーの紐をほどくと、私に背を向けて「荷物置いてくる」とまた言った。

「宮城のこと、ずっと待ってた」

荷物を持って離れていく背中に声をかける。

「ずっとってほど長くないじゃん。卒業式、この間終わったばっかかって感じするし」

振り返らずに宮城が言う。

「先にこっちに来てたから、長く感じた。引っ越しの荷物、来るの四時だっけ？」

「うん」

「そっか」

短い言葉はすぐに消え、また沈黙に包まれる。

空気が停滞しかけて、私はできるだけ明るい声をだした。

「宮城《みやぎ》。今日からよろしく」

背中を向けていた宮城が振り返る。

彼女は眉間に皺《しわ》を寄せ、すぐにそれを自分の指で押さえると、小さな声で言った。

「……よろしく」

宮城が部屋に消える。

慣れない部屋に慣れない宮城。

新しい生活は簡単にはいかなそうだけれど、宮城が卒業式の日に選んだものが封筒で良かったと心の底から思った。

第7話　私の知らない宮城

初めまして。

よくある挨拶を交わしてから三十分が経《た》って、コンクリートで固められたようだった体が少しほぐれる。先輩は、考えているほど家庭教師は難しいものじゃないと言っていたが、初めてすることはどんなことだって緊張する。

連休が明けて予定通り始まった家庭教師のアルバイトは、宮城に勉強を教えていたときのようにはいかない。

どこまで勉強に関係のない話をしていいのかわからないし、どれくらいの距離感で接すればいいのかわからない。先生っぽくしていればいいと先輩に言われたけれど、先生のイメージが固まらないまま今日を迎えてしまった。

花巻桔梗《はなまききょう》です、と自己紹介をした私の初めての生徒は中学三年生で、今はテーブルの向こう側で問題集を穴が開くほど見ている。

彼女の母親が出してくれた麦茶を飲む。

懐《なつ》かしい。

放課後、宮城も私に麦茶を用意してくれていた。

「先生」

花巻さんが顔を上げ、私を見る。

家庭教師を始めるまで呼ばれたことのない〝先生〟という言葉がくすぐったくて、落ち着かない。

「わからないところあった?」

テーブルの上のノートに視線をやると、整った文字で埋められている。この三十分でわかったけれど、花巻さんは勉強ができるらしく家庭教師が必要なようには見えない。彼女の母親からは高校受験に向けて勉強を教えてくれと言われたが、心配はなさそうに思える。

「わからないところはないんですけど、先生ってどうして家庭教師やってるんですか?」

人の目を真《ま》っ直《す》ぐ見て話す花巻さんと目が合う。

彼女はショートカットで行動的に見えるが、声は落ち着いている。髪は、宮城と違って耳にかけている。でも、校則を守っているとわかる制服を着ているところは宮城と同じだ。

「んー」

私は小さく唸《うな》って考える。

お金、と答えられたらいいけれど、先生としてその答えはどうかと思う。

「人になにかを教えることが好きだからかな」

「勉強よく教えてたんですか？」

「友だちにね」

宮城を指す言葉として適当とは思えないが、バイト先でありのままを話すわけにはいかない。私はありふれた言葉で誤魔化して、このまま〝友だち〟のことを聞かれないように質問をする。

「花巻さんは勉強を教えるタイプ？　それとも教えてもらうタイプ？」

「私は教えてもらうタイプです。お姉ちゃんによく教えてもらってました」

あまり聞きたくない言葉が聞こえて、麦茶を一口飲む。

良くできた姉とそれなりにできる私。

子どもの頃は二人とも両親に可愛《かわい》がられていたが、姉との差が明らかになってから両親の愛情は姉にしか向けられなくなった。そして、両親の態度は私たち姉妹に溝を作り、今もその溝は埋まっていない。

まあ、でも。

今はそれも良かったことだと思える。

子どもの頃と変わらない家族だったら、宮城と一緒に住むことにはならなかったはずだ。

私はグラスを手に取って、麦茶と一緒に家族の記憶を胃に流し込む。

「今はお姉さんに教えてもらってないの？」

「スポーツ推薦で寮のある高校に行ったので」

「そうなんだ」

テーブルの上に、空になったグラスを置く。

明るそうではあるけれどスポーツが得意そうには見えない花巻さんから、彼女の姉をイメージすることはできない。けれど、そんなことは些細《ささい》なことで、この部屋の空気が和らいだことのほうが重要だ。

緊張感があること自体はそこまで悪くはないが、ずっと続くと疲れてしまう。

私と花巻さんは、それほど年齢が離れていない。

でも、どこに共通点があるのかわからないから、私たちは少し柔らかくなった雰囲気の中でぽつりぽつりとそれほど意味のない話をしながら勉強を続ける。

週に二回、九十分。

花巻さんの家庭教師という立場に慣れるには、もう少し時間がかかりそうだと思う。それでもほんの少し打ち解けた頃に九十分が経って、家庭教師のバイトが終わる。

彼女の母親に挨拶をして玄関へ行く。

靴を履くと、私とあまり身長が変わらない花巻さんが「ありがとうございました」と頭を下げた。そして、にこりと笑って私を見送ってくれる。

そう言えば、一緒に住んでから宮城が笑っているところを見ていないような気がする。もともと宮城は私の前でほとんど笑わないが、高校時代は学校で笑っている彼女を見かけることがあった。大学が違う今はそういうチャンスがないから、宮城も花巻さんのように私の前で笑えばいいのにと思う。

緊張しながら歩いてきた道を戻り、電車に乗る。

家へ帰るだけだと思うと、気が楽だ。

花巻さんは、のみ込みが早くて手がかからない。

素直さに欠ける宮城とは大違いだ。

まあ、素直な宮城というのも気持ちが悪いけれど。

私はいつもとは違う電車に揺られながら、失礼なことを考える。改札を通り抜け、いつもの道を歩く。三階まで階段を上って、玄関を開けて中へ入る。宮城の靴はあるが、共用スペースに彼女の姿はない。

お腹《なか》がぐぅと小さく鳴る。

宮城には遅くなると伝えてあるから、彼女はもう食事を済ませているはずだ。それでも私は聞かなくてもわかっていることを聞くために、宮城の部屋のドアをノックした。

一回、二回、三回。

宮城が共用スペースへ出てきて、中を覗《のぞ》く間もなくバタンとドアが閉められる。

「ご飯食べた？」

なにか言われる前に私のほうから尋ねる。

「食べた」

「なに食べたの？」

「カップラーメン」

宮城が不機嫌な声で答える。

「ちゃんと作りなよ」

「なに食べたっていいじゃん。一人なんだし。用事ってそれ？」

「お茶いれるし、一緒に飲まない？」

そんな用事ではなかったが、とりあえずそういう用事にしておく。夕飯を食べていないなんてことがあったら一緒に食べようと誘えたけれど、食べてしまっているならほかに用事を作るしかない。

「仙台さん、ご飯は？」

「あとから食べる」

「先に食べなよ」

「じゃあ、宮城はお茶飲んでて」

部屋に戻ろうとする宮城の腕を引っ張って、椅子に座らせる。電気ケトルでお湯を沸かしながら、冷蔵庫を開ける。

宮城ではないが、一人で食べるものを今から作るのも億劫《おっくう》だ。

鍋でお湯を沸かしてレトルトのシチューを温めながら、宮城にお茶を出す。そして、お皿にご飯をよそって、その上から出来上がったシチューをかける。

ご飯とシチューは別々にするものだと思っているが、今日は洗い物を増やしたくない。初めてのバイトでそれなりに疲れているから、過去に宮城がしたように一緒に盛り付けて食べることにする。

シチューをテーブルの上に置いて椅子に座ると、宮城が「ねえ」となんでもないように言い、言葉を続けた。

「……バイト、生徒ってどんな子だったの？」

「いい子だったよ。普段から勉強してるっぽいし、礼儀正しかった」

「へえ」

興味がなさそうに宮城《みやぎ》が言う。

「あと、素直な感じだったかな。宮城と違って」

わざとらしく言って、シチューを一口食べる。ごくんとのみ込んで宮城を見ると、彼女は指先でテーブルをトンと叩《たた》いた。

「仙台《せんだい》さんの前で素直になる必要ないから」

「宮城って、誰の前なら素直なわけ？」

「仙台さん以外」

「言うと思った」

素直な宮城は気持ちが悪いけれど、たまには素直な宮城も見たいと思う。

たとえば、耳を見せてと言ったら見せてくれる宮城とか。

花巻さんとは違って、宮城は今日も耳を隠している。髪が邪魔で、私に見せるためだというピアスを見ることができない。大学でも隠しているとは思うけれど、宇都宮《うつのみや》がピアスを見たいと言ったら素直に見せそうだ。

ため息が出そうになって、シチューと一緒にのみ込む。

私はもう一口シチューを食べてから、口を開く。

「宮城。せっかくピアスしてるんだし、耳見えるようにしなよ」

テーブルの向こう側、宮城が眉根を寄せる。

そして、少し考えるような顔をしてから髪を耳にかけた。

私は思わずスプーンを落としそうになって、お皿の上に置く。

「仙台さん、約束してよ」

宮城が私の隣まで来る。

「どんな？」

「明日、仙台さんがご飯作って」

「……いいよ。なに食べたい？」

宮城に手を伸ばして、約束を誓う代わりにピアスに触る。

本当は耳にキスをしたいけれど、今の宮城は私の知っている宮城とは違うような気がして動けない。

「仙台さんの好きなものでいい」

私は頭の中でメニューを考えながら「わかった」と答えた。

◇◇◇

昨日した宮城との約束を守ることは簡単なことだ。

夕飯を作るくらいたいしたことではない。

でも、メニューが決まらない。

私は、スーパーの中をぐるぐると回る。

宮城は私の好きなものを作ればいいと言っていたが、ぱっと浮かぶようなメニューはない。

「どうしようかな」

豚肉、牛肉、鶏肉《とりにく》。

精肉コーナーでずらりと並んだお肉を睨《にら》む。

真剣に悩むようなことではないと思う。

たぶん、宮城の〝仙台さんの好きなものでいい〟という言葉は、〝なんでもいい〟くらいの意味しか持っていない。だから、なにを作ってもいいのだろうけれど、宮城が食べないものを作っても仕方がないから悩む。宮城と過ごした時間はそれなりに長くなっているはずなのに、私は相変わらず彼女がなにが好きで、なにが嫌いなのかわからないままだ。

初めて宮城の家で作った夕飯のおかずは唐揚げだった。

あのときは宮城の好みなんてほとんど考えなかったから、それほど悩まずにメニューを決めることができた。

「……唐揚げかあ」

過去に宮城が美味《おい》しいと言って食べていたから、無難なメニューではある。

私はもう少し記憶を辿《たど》る。

あの日は宮城にキャベツを切らせたら指を切って、彼女の血を舐《な》めることになった。本当に宮城は変なことばかりさせる。あれから私に血を舐めさせせようとした人はいない。宮城だけがあんなことを私にさせる。

はあ、と息を吐いて、私はそれていく思考を夕飯のメニューへと戻す。

そう言えば、宮城の家で何度かレトルトのハンバーグを出されたことがあった。一回だけではなかったから、それなりに好きなものなのだろうと思う。

私は売り場に並んだお肉から、合いびき肉をカゴに入れる。それから、スーパーをぐるりと回って玉ねぎとパン粉を追加して、スマホを取り出す。私の中でハンバーグの材料は、かなりぼんやりとしている。なにか足りないような気がしてレシピを調べると、やっぱりいくつか足りないものがあって、牛乳とナツメグをカゴに入れる。卵は冷蔵庫の中にあるから買わずにレジでお金を払う。

家に帰ると、玄関に宮城の靴があった。でも、共用スペースにいないから、彼女の部屋の前でドア越しにハンバーグを作ることを告げる。すぐに「おかえり」と返ってくるが、本人は出てこない。

私は冷蔵庫に玉ねぎ以外を入れて、調理台にまな板と包丁を置く。そして、玉ねぎをみじん切りにして炒《いた》める。

ボウルに合いびき肉を入れて、底を氷水で冷やしながら練る。塩、こしょう、ナツメグを加えてさらに練って、炒めた玉ねぎと牛乳に浸したパン粉、卵を入れてさらに練る。ひたすら合いびき肉を練っていると、なにを作っているか忘れそうになる。

ハンバーグはひき肉を丸めて焼いただけという顔をしながら意外に手間がかかって、材料を混ぜて練ってあるハンバーグのたねを買ってくれば良かったと少し後悔する。でも、途中でやめるわけにもいかず、たねをハンバーグの形に整えて、テレビで見る料理人のように両手の間を投げ合うように往復させて空気を抜く。

ここまでくればあとは焼くだけで、フライパンを温めてハンバーグを並べる。ジュウジュウという音を聞きながらフライパンに蓋をして、サラダを作る。ハンバーグが焼き上がった頃に宮城を呼ぶと、部屋から彼女が出てきて黙ってお皿とご飯を用意し始めた。

宮城は昨日突然、ピアスに誓うほどではない約束を私にさせた。

夕飯なんて、約束してまで作るようなものには思えない。

ハンバーグを宮城が用意したお皿の上にのせて、彼女を見る。嬉《うれ》しそうにも、楽しそうにも見えない。なにを思って夕飯を作れと言いだしたのかわからない。

「ソースは？」

ハンバーグがのったお皿を見ながら宮城が言う。

「今から作る」

フライパンにケチャップとソースを入れて、軽く煮る。できあがったソースをお皿の上のハンバーグにかけ、テーブルに運んで椅子に座る。

「いただきます」

宮城と声が揃《そろ》う。

ナイフはないからハンバーグを箸で切る。

ふんわりと柔らかくできあがったハンバーグは、端っこを切り取ると肉汁が溢《あふ》れ出て、考えていた以上に上手に焼けたことがわかる。一口食べると、お店に出したいくらい美味しくて自分を褒《ほ》め称《たた》えたくなる。でも、宮城はなにも言わない。

「美味しいの？」

向かい側で黙々とハンバーグを食べている宮城に尋ねる。

「美味しい。仙台さんって、ハンバーグ好きなの？」

「まあまあ？」

好きか嫌いかと言われたら好きなほうではあるけれど、好きなものとして作ったわけではないから曖昧な答えになる。

「なんで疑問形？　好きなものだから作ったんじゃないの？」

「まあ、たぶん。宮城はハンバーグ好きなの？」

これからハンバーグを好きなものの一つとして挙げてもいいかもしれないなんて考えながら、宮城を見る。

「まあまあ」

嘘《うそ》か本当か判断がつかない答えを口にして、宮城がハンバーグを口に運ぶ。私も箸で切り分けてハンバーグを口に運び続ける。

会話がなくなり、静かに食事が進む。

時間をかけて作ったハンバーグは、作った時間の半分も経《た》たないうちに胃の中に消える。

「仙台さん、これからなにするの？」

箸を置き、宮城が私を見ずに言う。

「次のバイトで困らないように予習。と言うか、復習かな。教えてる子、中学生なんだけど、中学の頃の勉強なんて昔過ぎて結構忘れてるし、勉強し直さないと不安だから」

「真面目なんだ、バイトなのに」

「バイトでも真面目にやらないと駄目でしょ」

「ふうん」

興味がなさそうに宮城が言って、冷蔵庫から麦茶を持ってくる。私の前にもグラスを置いてくれたけれど、グラスがテーブルに当たって立てるトンッという音がいつもよりも大きくて、宮城の機嫌があまり良くないとわかった。

「ありがと」

お礼に返事はない。

彼女はなにも言わずに向かい側に座る。

「宮城もバイトすれば」

「しない」

素っ気ない声が返ってきて、また会話が途切れる。

話の流れから、機嫌が悪くなった理由は予想できる。

バイトの話が良くない。
昨日も、バイトの話をしてから宮城《みやぎ》の様子がおかしくなった。
「……これ片付けたら、仙台さんの部屋に行ってもいい？」
唐突に宮城が言う。
脈絡がない。
それどころか、間違っている。
私はこれから次のバイトに向けて復習をする。
そう言ったはずだ。
だから、部屋に来られても困る。
「いいけど」
躊躇《ためら》わずに動いた口は、考えていたこととは違う言葉を宮城に告げた。
「じゃあ、片付ける」
宮城がお皿とグラスを持って立ち上がる。
こんなのはおかしい。
でも、断れない。
勉強は宮城が部屋に戻ったあとでもできる。

電車の中でしたっていい。

共用スペースに、食器が洗われる音が響く。

手伝う、の一言がでない。

宮城が私の部屋へ来るのは初めてではないのに緊張する。

カチャカチャという音がやけに大きく聞こえて立ち上がると、宮城が私の前までやってきた。

「終わった」

「部屋、来るの？」

「行く」

いつもなら、来てほしくないなら行かない、なんて言いそうなのに今日は言わない。一緒に部屋へ戻ると、宮城は当たり前のように私の隣に座った。けれど、座っただけで黙り込んでいる。喋《しゃべ》る気がないのか、難しい顔をして机の上に置いてあった辞書を膝の上にのせてめくっている。

「なんなの、一体」

自分から部屋に行ってもいいかと聞いてきたくせに一言も喋らない宮城に声をかける。

「なんなのって？」

宮城が辞書から顔を上げる。

「なんで機嫌が悪いのかってこと」

「悪くない」

絶対に悪い。

声が低いし、私を見ようとしない。

自分からこの部屋に来ることを選んだとは思えないほど、機嫌が悪い。夕飯を食べているときから機嫌が良さそうには見えなかったが、今はそれとは比べものにならないくらい不機嫌だ。

「なにか用事があるんじゃないの？」

尋ねると、さらに低い声が聞こえてくる。

「ないと来ちゃいけないの？」

「いけなくはないけど、来たんなら機嫌良くしてなよ」

「別に機嫌悪くないし」

こうなったら宮城は強情だ。

機嫌が悪くてもそれを認めたりはしないし、話は平行線のままで交わったりはしない。

理由がわからないまま彼女の機嫌が悪くなっていくことは珍しいことではないが、自分から私の部屋に来たのだからもう少し態度を軟化させてほしい。

「機嫌が悪くないなら、笑うくらいしたっていいんじゃない？」

花巻《はなまき》さんのようにとは言わないけれど、笑ってくれても罰は当たらない。私は今日、一方的に言い渡された夕飯を作るという約束を果たしたし、復習する予定を変えて宮城と一緒にいるのだからいうことをきいてもらう権利くらいはあると思う。

「笑ってる」

宮城が言い切るが、相変わらず不機嫌としか言いようのない顔をしている。

「笑ってないじゃん」

「笑ってる。……大学で」

そうだろうね、と思う。

ここではない場所で宮城が笑っていることは知っている。高校のときも、学校で笑っている宮城を何度も見た。同じクラスだった二年の頃は宇都宮《うつのみや》の前で笑っていたし、三年になってからは廊下で笑っている宮城を見かけた。いつだって私のいないところで宮城は笑う。今もあの頃のように宇都宮の前で笑っているのだろうと思うと苛々《いらいら》する。

「いま、ここで、笑ってってこと」

私と宮城は大学が違う。

ここで笑ってくれなければ、宮城の笑った顔を昔のように見ることができない。どうせ見るなら機嫌の悪い宮城より機嫌のいい宮城のほうがいいし、できることなら笑ってほしい。

「面白くないのに笑えない」

「にっこりするぐらい簡単じゃん。はい、口角上げて」

私は、宮城の唇の端に指を押しつけてぐいっと持ち上げる。

ばさり、と彼女の膝の上から辞書が落ちる。

機嫌がさらに悪くなりそうだけれど、どうせなにをしても良くなるわけがないから関係がない。私は押しつけた指で宮城の顔に笑顔を作る。強引に上げた口角に反して、彼女の眉間に皺《しわ》が刻まれる。笑顔というよりは少し面白い顔になって、宮城が私の手首を摑《つか》んだ。

私の指は顔から離され、噛《か》みつかれる。

骨に歯の感触が伝わるほど思いっきり。

反射的に指を引く。

でも、齧《かじ》られた指は戻ってこない。

それどころか、指を引く前よりも強く歯を立てられる。

「宮城、痛いっ」

予想していなかった痛みに体が固まる。骨を砕くつもりかと思うほど強い力で噛みつかれているから、こめかみまで疼《うず》く。

「痛いってば」

人質に取られた指を返してもらうべく宮城の肩を叩《たた》くが、指は解放されない。笑ってほしいというささやかな願いは、痛みに変換され続けている。

宮城が加減しないのはいつものことだけれど、今日は特に痛い。なにがそうさせているのかわからないが、馬鹿みたいに強く噛まれている。

痛くて、熱くて、くらくらする。

「宮城っ！」

痛みに加減を忘れ、強く彼女の肩を叩く。けれど、指は噛まれたままで、今度は彼女のピアスに触れる。本当はそのままピアスを引きちぎってしまいたいほど指が痛いけれど、軽く引っ張るだけにする。柔らかな耳たぶが伸び、指を挟んでいた歯が緩む。そのまま指を引くと、すんなりと歯が離れた。

「人の指、食べるのやめなよ。ハンバーグじゃ足りなかった？」

宮城に噛まれた指には、くっきりと歯形がついていた。

デザート代わりに食べようと思ったと言われたら信じてしまいそうなほど痛かったし、

今もまだ痛い。

「食べるならもっと美味《おい》しいもの食べる」

宮城が平坦《へいたん》な声で失礼なことを言ってティッシュを数枚取ると、私の指を乱暴に拭った。

ずきりと指が痛む。

「笑わせたかったら、笑いたくなるような面白いことを仙台《せんだい》さんがしてよ」

膝から落ちた辞書を机の上に戻して、宮城が私を見た。

「なにしても笑わなそうだからやめとく」

頭に響くほどズキズキする指をさする。宮城から与えられる痛みに慣れていても、眉間に皺が寄る。

「だったら、最初から変なことしなければいいのに」

「そう思う。笑いたくない人間を笑わせようとした私が馬鹿だった」

「わかったなら、仙台さんが代わりに笑いなよ」

宮城が私の唇の端に指を押し当てる。そして、私がしたように口角を上げようとしてくる。頬を上げるようにぐいぐいと動かす指が荒っぽくて、私は彼女の手を払いのけた。

「あのさ、無理矢理笑わせようとしたのは悪いと思ってるけど、噛みついてくるだけじゃなくて同じことしてくるとかむかつくんだけど。もういいでしょ」

「よくない」

宮城の視線が私の指に注がれる。

それは噛みつかれた指で、嫌な予感に手を引っ込めようとするが間に合わない。歯形がついた指が宮城に捕まる。

「痛いからはなして」

ぎゅうっと摑まれた指を自分のほうへ引く。でも、指は離されるどころか引っこ抜く勢いで引っ張られて、私は痛みに負けて宮城に近づいた。

「なんなの、一体？」

体が傾いたまま尋ねるけれど、宮城は答えない。

「したいことがあるなら言いなよ」

強く言うと、宮城が指を離した。

代わりにブラウスの襟を引っ張られる。宮城が私に顔を近づけてきて、吐き出す息が交わる距離でぴたりと止まる。

言葉はない。

目が合って、そらされる。

宮城が摑んでいたブラウスの襟を離して、今度は私から彼女の腕を摑んだ。

「続きは？」

「続きなんてない」

素っ気なく宮城《みやぎ》が言って私の手を振り払い、詰めてきた距離の分だけ離れていく。

「ないなら作りなよ」

「仙台さんは……」

紡《つむ》ぎ出された言葉はすぐに途切れる。

「ちゃんと最後まで言ったら？」

「――仙台さんはしてほしい続きがあるの？」

「あるって言ったらどうする？」

「あるなら、私にお願いしてよ。そしたらしてもいい」

ずっとズキズキと痛かった指から痛みが消える。

宮城の手を握る。

彼女は逃げ出さないけれど、私を見たりもしない。

今、宮城がしようとしたことの続き。

意識をしただけで噛まれた指がすごく熱くなったような気がして、小さく息を吐く。

「じゃあ、キスして」

私を見ようとしない宮城に告げる。

「それはお願いじゃない」

「キスしてください。――これでいい？」

「いいよ」

そう言うと、宮城が私に近づいてくる。

でも、唇が触れる前に宮城が動きを止めた。握ったままの手が離れそうになる。

こういうとき、宮城は意気地がない。してくるのはいらないことばかりで、そういうことは全力でしてくるのに肝心なときに怖《お》じ気《け》づく。

「お願いしたらするって自分で言ったんだから、ちゃんとしなよ」

私は宮城が逃げだしてしまう前に約束を果たすように念を押して、目を閉じる。

宮城の気配が近づく。

強く手が握り返されて、唇が触れる。

軽く、体温も感じられないくらい一瞬。

キスをして宮城が離れる。

目を開けると、宮城が警戒するみたいに私から少し距離を取った。そういう態度は面白くない。今のキスで約束を守ったなんて言わせたくない。

「もう終わり？」

尋ねると、冷たく「終わり」と返ってくる。

「もう一回しなよ」

「やだ。仙台さん、変なこと考えてそうだもん」

握っていた手が振りほどかれる。そのくせ、隣からいなくなったりはしない。少し遠くなった分だけ近づいても、逃げずに隣に座っている。

宮城が普段と違って調子が狂う。

いつもなら、野良猫《のらねこ》みたいに毛を逆立てて私を近寄らせないはずだ。

「……宇都宮は元気？」

このまま黙っていたら部屋に戻ると言って宮城が出て行ってしまいそうな気がして、口を開く。でも、今日の宮城とどんな話をすればいいのかわからず、数少ない共通点から話題を探し出すことになる。

「元気だけど」

「ここに連れてくれば」

「なんでここに舞香《まいか》連れてくるの」

「友だちでしょ。呼べばいいじゃん」

「呼ばない」

予想通りの答えが返ってきて、なんとか探し出した会話があっさりと打ち切られる。

まあ、本当に呼ばれても困るけれど。

ただ、大学での宮城がどんな感じなのか聞いてみたいとは思う。きっと、彼女は私の知らない宮城をたくさん知っている。私も宇都宮《うつのみや》が知らない宮城を知ってはいるけれど、どこまでが宇都宮の知らない宮城なのかははっきりとわからない。

「宮城」

会話の糸口を探しながら、隣を見る。

「宇都宮とキスってしたことある？」

宮城が怪訝《けげん》な顔をする。

でも、知りたいと思う。

宇都宮が宮城の唇の柔らかさを知っているのかは気になる。

「仙台さんって友だちとキスする人？」

「しないけど」

「私もしない」

友だちとはキスをしない宮城が今、私とキスをした。それは私がルームメイトであっても、友だちではないからだ。ずっと友だちではなかったけれど、それで良かったのだと思う。

宮城の頬に触れる。

顔を寄せても嫌がらない。

目は閉じてくれないから、自分から閉じてキスをする。

繰り返し何度も、唇の柔らかささえよくわからなかったさっきの分もキスをする。

閉じられた唇を割って、舌を差し入れて、深く。

宮城にキスをする。

同じくらいの体温が混じり合って、舌先が触れ合っても大人しくしているから嫌がってはいないのだと思う。人の体の中、友だちなら触れないような場所に触れていると、もっと宮城のことを知りたくなる。指を噛《か》まれたときも舌が当たったし、体温も感じた。でも、痛いだけで気持ちは良くなかった。今は酷《ひど》く気持ちが良くて、ずっとこのままキスをしていたくなる。

体重を宮城に預ける。

そのまま押し倒そうとすると、肩を思いっきり押されてまた距離が離れた。

「仙台さん」

不機嫌ではないけれど、機嫌がいいわけでもない声で呼ばれる。

「なに？」

「……バイト辞めてよ」

キスをした後とは思えない言葉とともに、噛まれた指をぎゅうっと強く掴《つか》まれる。痛くて、上がりかけた体温が下がる。

「なんで？」

宮城からバイトを辞めろと言われる理由はない。

働くのは私だし、宮城には迷惑をかけていないはずだ。もちろん、これからもかける予定はない。

私は宮城をじっと見る。

でも、彼女は難しい顔をして黙ったままだ。

「今辞めたら迷惑がかかるし、バイト結構気に入ったから無理」

コンビニや飲食店でバイトをするよりも、家庭教師のほうが向いている。なによりも時給がいい。短い時間でバイトが終われば、家にいる時間が長くなる。

「そんなことわかってる」

宮城が掴んでいた私の指を離す。

「じゃあ、なんで辞めてなんて言ったの」

「なんとなく言っただけ」

ぼそりと言って、宮城が私の手を握った。

やっぱり変だ。

いつもと違う。

バイトを辞めろと言った理由を知りたいけれど、聞けば絶対に宮城は部屋に戻ってしまう。

繋《つな》がった手は心地良くて、離したくない。だから私は、なにも言わずに手を握り返した。

第8話　仙台《せんだい》さんが必ずいない日

仙台さんに悪いことをしたと思っている。

反省もしている。

でも、指を噛んでから一週間近く経《た》ったのに絆創膏《ばんそうこう》をしているのはどうかと思う。

「それ、いつまでしてるの？」

私は仙台さんの指に視線をやってから、彼女が用意したトーストを齧《かじ》る。バターとジャムを塗ったそれは甘さと塩気のバランスが絶妙で、朝食の定番となりつつある。

「絆創膏のこと？」

「そう」

高校生の頃、唐揚げを作ると言い出した仙台さんにキャベツの千切りを頼まれて指を切った。あのとき血が流れ出る私の指に、機能性を優先した可愛《かわい》さの欠片《かけら》もない絆創膏が彼女によって貼られた。私が噛んだ彼女の指には、あれと同じものがずっと巻かれている。

「んー」

小さく唸《うな》ってから、仙台さんがオレンジジュースを飲む。

彼女がハンバーグを作ってくれた夜、私が加減をせずに噛んだ指には歯形がついた。跡が残ってもおかしくないと自分でも思ったけれど、こんなに長い間消えないなんてあり得ない。

「跡なんてもう消えたよね？」

「どうかな」

いつもと変わらない声で言うけれど、仙台さんは私を見ない。今日はときどきある目を合わせてくれない日で、それがまた私を苛《いら》つかせる。そして、こんな些細《ささい》なことで苛つく自分に落ち込みそうになる。

「その絆創膏取ってよ」

本当は彼女の手を摑んで指に巻いてある絆創膏を剝がしてしまいたいけれど、トーストを齧って我慢する。

彼女が本気で怒らないからといって、なんでもしていいわけじゃない。していいことと、いけないことくらいはわかる。他人の手を摑んで、無理矢理なにかすることはいけないことだ。

「さっき貼ったばっかりだから勿体《もったい》ない」

「それ貼ってるのって、嫌味かなにか？」

「嫌味？　なんでそう思うの？」

仙台さんが不思議そうな声を出す。

「噛んだの、怒ってるんでしょ」

言い方がきつくなって、誤魔化すようにスクランブルエッグを口に運ぶ。

仙台さんとだけ上手《うま》くいかない。

もう少し普通にしていたいけれど、できない。

大学を卒業するまで一緒に暮らすのだから、舞香といるときのように穏やかな気持ちでいたいと思っている。でも、それは叶《かな》わない。良くないとわかっていても仙台さんには酷いことをしてしまうし、一緒にいると感情が制御できなくなることがある。今までどんな人といても噛んだり蹴ったりなんてしたことがないのに、彼女にだけはしてしまう。

「あんなことといつものことだし、今さら怒るわけないじゃん」

「嘘《うそ》ばっかり」

力一杯噛んだけれど、そんなことで仙台さんが怒らないことは知っている。でも、指に巻かれた絆創膏を見るたびに自分がしたことを思い出して胸の奥が痛くなって、言わなくてもいい言葉が口から出てしまう。

あんなに強く噛まなければ良かった。

バイトを辞めてだなんて言わなければ良かった。

そんなことばかりが頭に浮かぶ。

バイトを辞めてと言っても辞めてくれないだろうことは予想できていたし、実際辞めてくれなかった。仙台さんは家庭教師を続けていて、時々生徒の話を私にする。

「宮城《みやぎ》。朝から機嫌悪いのやめなよ」

仙台さんが平坦《へいたん》な声で言って、トーストを齧る。

どういう線引きで決まっているのかは知らないけれど、彼女は私の言葉に従ってくれるときと、そうじゃないときがある。

ピアスは駄目で、バイトも駄目。

開けてと言っても、辞めてと言ってもきいてくれない。そもそも、仙台さんは私の言葉で変わったりしない。

「機嫌は悪くない」

言葉に感情は込めない。

淡々と告げる。

「機嫌〝は〟悪くないなら、なにが悪いの？」

私はどこも悪くない。

悪いのは仙台さんのバイトだ。

バイトが家庭教師じゃなかったらいいのにと思う。

ほかのバイトだったら許せた。

「ちょっと言い方が悪かっただけじゃん。揚げ足取るの、性格悪いと思う」

オレンジジュースを半分飲んで言わなかった言葉を押し流し、グラスをテーブルの上に置く。

「そうだ、宮城。わかってると思うけど、今日バイトだから遅くなる。ご飯は先に食べてて」

「わかった」

覆《くつがえ》らない予定は私を鬱々とした気持ちにさせる。

家庭教師は仙台さんのカレンダーを埋めて、私を弾《はじ》き飛ばす。

去年の夏、家庭教師は私のための言葉だった。

高校三年生の長い長い休み、私は勉強を教えると言い出した仙台さんと二人で過ごした。

家庭教師のバイトで、あの夏休みと同じことが起こるわけがないと思っているけれど、私のためだった家庭教師という言葉を聞くたびに、仙台さんに聞きたいことがいくつも湧き出てくる。

私と勉強をしたときのように生徒の隣に座っているのか。

手を握ったりするのか。

――友だちにはキスをしないと言っていたけれど、生徒にはキスをするのか。

ルームメイトになってから知りたいことがいくつもあって、心の中で整理できないことがいくつかある。そのうちの一つである大学が違うことは、仕方がないこととして処理できないこともない。過去や現在の自分と繋げて、どういう風に大学で過ごしているのか想像して補うことができる。私が知り得ない仙台さんをずっと受け入れることができなかったけれど、今はそう思っている。

でも、家庭教師のバイトは別だ。

私の過去に強く結びついていて、容易にできる想像が受け入れがたい。夏休みや放課後に二人で過ごした時間を思い返し、生徒と私を入れ替え、あり得ないと思っている想像に苛ついてしまう。

バイトなんていくつもある日常の一つで、私が気にするようなことじゃない。気になっていても、バイトが始まってしまえば受け入れることができると思っていたけれど、違った。

家庭教師をしている仙台さんを想像すると、意識が過去へ向かう。

家庭教師だと言って私に勉強を教えてくれた彼女と、今バイトで家庭教師をしている仙台さんは違う。同じわけがない。そんなことはわかっているのに、どう違うのか知りたいし、知りたくない。

こんなのは変だ。

仙台さんに聞いたって、普通の答えしか返ってこない。それが当然だし、普通じゃない答えなんていらない。

あの頃と今を比べてしまうことがいかにおかしなことかということは理解している。

わかっている。

でも、気になるから落ち着かない。

こんな気持ちは、仙台さんが作ったハンバーグを食べたときのようにのみ込んで、消化してしまいたい。そう思うのに、ずっと私の中に残り続けていて気分が悪くなる。

「宮城。私、そろそろ行くから」

お皿を空にした仙台さんが、グラスに残ったオレンジジュースを飲み干す。

「待って。絆創膏、取ってから行って」

「まだ気にしてるの？」

本当はもう絆創膏なんてどうでもいい。

なんとなく仙台さんを引き留めたいだけで、でも、引き留める理由が思い浮かばなかった。

「指がどうなってるか見せてよ」

「見たってただの指だけどね」

仙台さんが面倒くさそうに言って、はあ、と息を吐く。

そして、絆創膏を剝がした。

少しふやけた指は、白くて綺麗《きれい》で傷一つない。

絆創膏をする必要がどこにもない指をしている。

「跡ついてないじゃん」

「絆創膏してるうちに消えたのかも」

仙台さんが適当なことを言って、指をさする。そして、合わせてくれなかった目で私を見てにこりと笑った。

最近の彼女はよく私に笑顔を向ける。

でも、そういう仙台さんは本当の仙台さんじゃない。夏休みに〝友だちごっこ〟と称して、一緒に映画を観に行ったときの笑顔を貼り付けた仙台さんと重なる。そのせいか、笑ってばかりいる彼女を見ていると不安になる。

私はピアスに触れる。

できることなら、バイトを辞めるという約束を取り付けてピアスで縛りたい。けれど、ピアスはただのアクセサリーで、カボチャを馬車に変える力や、願いを叶える魔神が出てくるランプのような力はない。日常の小さな約束と仙台《せんだい》さんを結ぶ気休めのようなものだ。それに約束をしたところで絶対なんてない。

「宮城、後片付け頼んでいい？」

「いいよ」

「ありがと。今日、早く大学行きたいから」

仙台さんが立ち上がって、部屋へ戻る。

私はトーストを齧《かじ》る。

甘くて、塩っぽくて美味《おい》しくない。

今日帰ってきたら、また美味しくない夕飯を一人で食べることになる。考えると胃の辺りが痛くなって、今日一日が上手くいかないような気がした。


長かった大学の講義がすべて終わり、家へ帰ってきてから私は迷っている。

カップラーメンか、レトルトのハンバーグ。

自分で作るという選択肢もある。

いくつかある方法の中から今日の夕飯を決めて、私はレトルトのハンバーグを取り出して温める。今、家にいるのは私一人で、食べるのも私一人だ。わざわざ作るのも面倒くさい。朝、仙台さんはバイトがあるから遅くなると言って家を出たけれど、言われなくても一人で夕飯を食べる日は頭に入っている。

ハンバーグが温まり、お皿に出してご飯を用意する。サラダかなにか買ってくれば良かったと一瞬思ったが、一人で食べる夕飯は一品増えたところで楽しい時間にはならない。誰かと食べる夕飯はどんなものでも美味しく感じるけれど、一人で食べる夕飯はどんなものでもそれなりの味しかしない。空腹を満たすためだけのものだ。

箸を動かして、ハンバーグとご飯を胃に詰め込む。仙台さんといても会話が弾むようなことはないが、一人だと弾まないどころか一言も喋《しゃべ》る必要がないからお皿がすぐに空になる。食器を洗ってしまったら共用スペースにいる必要がなくなって、私は部屋へ戻った。

本棚から黒猫を取ってベッドに放り投げる。

そして、黒猫を追いかけるようにベッドにダイブする。

今日は楽しい日ではなかったけれど、上手くいかないということもなかった。でも、気分はあまり良くない。お風呂《ふろ》に入るのも面倒だし、着替えるのも面倒だ。やらなければいけない課題を見るのも面倒で、黒猫を引き寄せる。

「にゃあ」

ぬいぐるみの代わりに鳴いて頭を撫《な》でる。

クリスマスプレゼントとしてやってきた黒猫は、側《そば》に置いておくと落ち着いて、頭を撫でると気が紛れるくらいの存在になっている。じっと見ていると、鳴き声を聞きたくなってくるし、にゃあと鳴いてくれたら明るい気分になりそうだと思う。

胸の上に黒猫を置いて目を閉じる。

眠たくなかったはずなのに視界を遮断してしまうと、頭に霧がかかったようになって意識が遠のいていく。

ちょっとだけ。

三十分くらい。

スマホのアラームをセットするのも面倒で、瞼《まぶた》に部屋の明かりを感じながら睡魔に身を任せる。すう、と自分の寝息が聞こえて、ころり、と黒猫が落ちる。暗いくせに光を感じる闇の中、意識は浅くも深くもないところをさまよっている。夢を見ているような見ていないような中途半端《ちゅうとはんぱ》な状態で眠っていると、小さな音が遠くから聞こえてきた。

コンコン、コン。

それが控え目にドアを叩《たた》く音だとわかって、体を起こす。

「なに？」

喉に絡《から》まる声を押し出し、ドアの外に向かって尋ねる。

「ケーキ買ってきたんだけど、一緒に食べない？」

仙台さんの明るい声が聞こえてくる。

「ケーキ？」

「そう、ケーキ。とりあえずドア開けてよ」

催促されて部屋から出る。

ドアをパタンと閉めると、仙台さんが私の腕を摑《つか》んだ。

「ショートケーキと苺《いちご》タルト、あとレアとベイクドチーズケーキ買ってきた。好きなの食べていいよ」

「多すぎない？」

「二つくらい食べられるでしょ。紅茶淹《い》れるし、座りなよ」

食べると言っていないのに仙台さんが私の腕を引っ張るから、テーブルの前まで連行されることになる。

仙台さんが椅子を引いて、にこりと笑う。テーブルの上に視線をやると白い箱がのっていて、コンビニではなくちゃんとしたお店でケーキを買ってきたのだとわかる。

ケーキは嫌いじゃないし、お腹《なか》には余裕がある。

二個食べられるかはあやしいけれど、一個は確実に入る。

私は大人しく椅子に座って、仙台さんを見た。

「……なにかいいことあった？」

「いいことなくてもケーキ買うでしょ。美味しいもの食べたら楽しい気分になるしさ。宮《みや》城《ぎ》、ケーキ嫌い？」

「好きだけど」

「ならいいじゃん。お湯はもう沸かしてあるから、少し待ってて」

そう言うと、仙台さんが紅茶の葉を入れたティーポットとマグカップを持ってきて、二人で買いに行った電気ケトルでティーポットにお湯を注いだ。そして、スマホを使ってきっちり時間を計ってから、マグカップに紅茶を注ぐ。

「好きなの選んでいいよ」

白い箱を開けながら仙台さんが言う。

中を覗《のぞ》くと、さっき彼女から聞いたケーキが隙間なく並んでいる。食べきれるかどうかはともかく、四つのケーキは全部食べてもいいくらい好きなものだ。二つ選ぶならこれとこれというものはあるけれど、私が先に選ぶのは悪い気がする。

「買ってきた人が先に選べば」

仙台さんに選択権を渡すと、彼女はお皿を持ってきてショートケーキとレアチーズケーキをのせて私の前に置いた。それはどちらも私が食べたいと思ったもので、おそらく仙台さんは私の視線からその二つを選んだ。

「仙台さんはどれが好きなの？」

「苺タルトとベイクドチーズケーキ」

彼女は残った二つのケーキの名前を挙げ、お皿にのせた。

「本当はどれ？」

「自分の好きなもの買ってきたから、四つとも好きなケーキ」

私が面倒なことを言いそうだと思ったらしくざっくりとした答えを口にして、仙台さんがベイクドチーズケーキについているフィルムを剝がす。そして、「いただきます」と言ってから、フォークで二等辺三角形の頂角を崩してケーキを頰張った。

それはお皿にのせたケーキを黙って食べろということで、私も「いただきます」と言ってからショートケーキのフィルムを剝がす。苺は最後に食べたいから先にお皿の上に置いて、二等辺三角形の頂角を切り取って一口食べる。甘すぎない生クリームが舌の上で溶け、ふわふわのスポンジと混ざり合って胃に落ちていく。

「美味しい？」

三口目のベイクドチーズケーキを食べた仙台さんが私を見る。

「うん。……ありがと」

お礼を言って、生クリームたっぷりのケーキを崩す。フォークに刺した大きめの塊を口の中に入れる。夕飯を食べた後とは思えないくらいするすると生クリームが食道を通っていく。

向かい側では、仙台さんがベイクドチーズケーキを黙々と口に運んでいる。バイトの話はしない。予想もしなかった質問をされただとか、最近の中学生が考えていることだとか。そういう興味のない話をしてこない。

バイトの話は、されてもされなくても気に入らない。

ケーキは美味しいけれど、胃の奥のさらに奥に消化できないものが溜《た》まり続けている。

「仙台さん、こっち来てよ」

声をかけて、斜め前を指さす。仙台さんが不思議そうな顔をしながらも立ち上がり、私は「椅子ごと」と付け加えた。彼女はガタガタと音をさせ、椅子と一緒に私の斜め前へやってきて静かに座る。

「口、開けて」

そう告げてから、指先で生クリームをすくう。滑らかなクリームが指を覆い、ひんやりとした感覚が伝わってくる。

仙台さんの眉間には、薄く皺《しわ》が見える。

今からすることがあまり良いことではないとわかっている。

それでももう一度、開けて、と言うと、彼女は躊躇《ためら》わずに口を開けた。

腕を伸ばして口元に指を持っていく。

開けられた口に指先を入れると、唇が閉じて第一関節に歯が当たった。生温かい舌が指に押し当てられ、生クリームが溶けていく。

仙台さんは、言えば大抵のことをしてくれる。

今も命令ではないのに、口を開けて私の指を舐《な》めている。

私の言葉に従う彼女を見ていると、ほっとする。命令をしていた頃とは違うけれど、変わっていないこともあるのだと思える。

指を少し押し込む。

抵抗するように指に歯を立てられる。

それでも奥へと押し込むと、指に舌が絡みついた。生クリームよりも温かくて硬い舌が指を這《は》う感触は、気持ちが良くて気持ちが悪い。私は指を強引に引き抜いて、カバーのないティッシュ箱からティッシュを取って拭った。

「なんで舐めたの？」

問いかけると、私の言葉に従うことが当然だというように「宮城が舐めろって言ったんじゃん」と返ってくる。

「口開けてって言っただけだけど」

「それって舐めろってことでしょ」

間違ってはいないけれど、当たり前のように言ってもいないことをされると、どんな言葉にも従ってくれそうな気がしてくる。

――今、バイトを辞めてって言ったら。

考えたことが思わず口に出そうになって、ショートケーキをフォークで崩す。小さな一口ができあがってそれを口に運ぶ。甘すぎなくて、軽くて、ふわふわしていたのに胃の中のケーキが重い。生クリームもスポンジも鉛か鉄に変わってしまったように思える。

「仙台《せんだい》さん。さっきいいことなくてもケーキ買うって言ってたけど、本当は買ってきた理由があるんでしょ？」

私は重くなった胃を誤魔化すように問いかける。

「美味《お》《い》しいもの食べたかったから」

「ほんとに？」

「……宮城の機嫌を取りたかっただけ」

仙台さんがため息交じりに答えて、言葉を続けた。

「今もあんまり機嫌良くないみたいだけど、どうしたら機嫌が良くなるわけ？」

「悪くない」

「悪いじゃん。笑えとは言わないけど、もう少し楽しそうにしてなよ」

仙台さんは私が不機嫌でも笑わなくても一緒にいてくれるし、こうして気も遣ってくれる。だから、たまには少しくらい楽しそうにしたっていいけれど、どうやったら彼女の前で楽しそうにできるのかわからない。

仙台さんは優しい。

でも、私は仙台さんに優しくできないし、試すようなことばかりしている。

「舐めて。そしたら機嫌良くなるかも」

生クリームのついていない指を仙台さんに向かって伸ばすと、手を摑まれて引っ張られる。私の言葉通りに舌先が人差し指にくっついて、舐められる。彼女の手よりも熱いものが指を這って、舐め取るようなものなんてないのに生クリームを舐めるように動く。付け根に向かって指が濡《ぬ》れていき、手の甲に唇が押しつけられる。

唇はすぐに離れて、また押しつけられる。舌先がくっつき、手首まで舐め上げられる。仙台さんの体温がある場所に神経が集まって、皮膚の感覚が鋭くなる。肌の上を舌が動くたび、ぞわぞわとして勝手に肩がぴくりと動く。

心臓が縮んで半分になったみたいに苦しい。

仙台さんの舌が手首から血管を辿《たど》って腕へと進む。

また唇が押しつけられて腕を引くと、なんの抵抗もなく手が私の元へ戻ってきた。

彼女の体温が消えてしまうと、物足りなくなる。

ケーキを食べるより、仙台さんに触れたいと思う。

「目、閉じて」

仙台さんに告げると、開いていた目がなにも言わずに閉じた。

立ち上がって頬に触れる。

手を滑らせて、指先で唇をなぞる。真ん中まで撫《な》でたところで、指を舐められる。唇から指を離すと、仙台さんが私の服を掴んだ。そのまま引き寄せられるように、私は彼女の唇に唇で触れた。

軽く触れただけだから、生クリームの味はしない。

ただ柔らかさだけを感じて唇を離す。

仙台さんが目を開けて、視線が交わる。

私は、なにか言いたげな顔をしている彼女が喋《しゃべ》りだす前に口を開く。

「仙台さん、ご飯食べに行くって約束守ってないよね」

ゴールデンウィーク中に彼女がピアスに誓った約束を持ち出す。

「連休終わってから、バタバタしてたから」

私は言い訳をする彼女を見ながら椅子に座る。

「仙台さんから誘ってきたんじゃん」

「その約束、今度の日曜日でいい？」

「いいよ」

短く答えてティッシュで指を拭うと、仙台さんが何事もなかったかのように紅茶を飲んだ。

第9話　宮城《みやぎ》の全部を知りたい

最近、宮城は私の近くにいる。

今日もそうだ。

まあ、相変わらず機嫌が悪いけれど。

「仙台さん、どうしてもこの中から選ばないといけないの？」

宮城が眉根を寄せ、少し低い声をだす。

「ほかのをだしてもいいけど、スカート以外はださないよ」

一緒にご飯を食べに行くと約束した日曜日、私のベッドの上には、あれは丈が短い、これは長い、こっちは色が気に入らないと文句ばかりを口にする宮城によって淘汰《とうた》され、生き残った三枚のスカートが並んでいる。

まさか、着せ替えに付き合ってくれるとは思わなかった。

出かけるのは夕方で、それまでの時間を潰すなら一人よりも二人がいいだろうと思って宮城に声をかけたら「なにするの？」と聞かれ、私はメイクか着せ替えをさせてと頼んだ。

無理にどちらかを選べと言ったわけではないし、嫌だと言われたら諦めるつもりだったけれど、宮城が着せ替えを選び、勝手に機嫌が悪くなっている。

「真ん中のにしたら？」

スカートが可哀想《かわいそう》になってくるくらい険しい顔をしている宮城に声をかけ、ミモレ丈のフレアスカートを指さす。

「やだ」

「じゃあ、なにもはかないで行く？」

「そんなの、ただの変態じゃん」

「嫌なら、どれでもいいから選びなよ。もう一度、ほかのスカートだしてもいいし」

スカートにこだわっているわけではないけれど、スカートをはいた宮城をしばらく見ていないから久しぶりに見てみたいし、少しでもその気になっているならはいてほしいと思う。

「……真ん中のにする。着替えるから出てって」

宮城がぼそりと答えて、追い出すように私の体を押す。目の前で着替えてなんて馬鹿なことを言ったら食事に行く話自体がなかったことになりそうで、私は大人しく自分の部屋を出た。

最近の彼女は素直すぎる。

ほかの人なら、これくらいのことで素直だなんて言わない。でも、相手は宮城だ。今までのことを考えたら、怖いくらい素直だと思う。五月とは思えないくらいの気温が続いているから暑さでどうかしているのかもしれない。

私は、ドアに寄りかかる。

宮城が選んだものよりも丈の長いスカートが揺れる。

もうすぐ六月で、七月なんてあっという間で、宮城は暑さでもっとおかしくなってしまうかもしれない。いや、おかしくなってしまえばいいと思う。反抗的な宮城も悪くはないが、素直な彼女も堪能《たんのう》したい。

「もういいよ」

宮城に聞かれたら足を蹴られてもおかしくないことを考えていると彼女の声が聞こえて、私はドアを開けて部屋に入った。

ふわりとしたフレアスカートと不機嫌な顔。

ベッドの前に、着替える前よりも機嫌が悪そうな宮城がいる。

人の服を着て、雨の日に車が跳ね上げた泥水がかかったときよりも嫌そうな顔ができることに驚くが、宮城は選んだ真ん中のスカートをはいていた。

「似合ってる。可愛《かわい》い」

思ったことを素直に伝えると、平坦《へいたん》な声が返ってくる。

「そういうの、言わなくていいから」

「普通、感想くらい言うでしょ。せっかくだし、上も着替える？」

彼女が着ている薄手のスウェットはスカートと合っているけれど、もう少し着せ替えを楽しみたい。

「このままでいい。それより、もう行こうよ」

愛想《あいそ》のない声で宮城が言う。

「じゃあ、どこ行く？」

上から下まで好きな服を着せて、メイクもして、思う存分宮城をおもちゃにしたいけれど、今日の目的は食事だ。これ以上機嫌を損ねるようなことをしたら面倒なことにしかならない。

「近くのファミレスでいい。あんまり遠くに行きたくないし」

スカートが気になるのか、宮城は足を見てばかりいる。

「わかった。ファミレスにしよっか」

宮城と一緒に部屋を出て、玄関へ向かう。

靴を履いてドアを開けると、服を引っ張られた。

「なに履けばいい？」

宮城が難しい顔をして私を見る。

「スニーカーでいいんじゃない」

「わかった」

シューズボックスから宮城がスニーカーを出して履く。彼女の全身を見て、可愛い、とまた感想を告げると玄関から押し出された。

私たちは階段を下り、ファミレスに向かう。

二人でスカートをはいて歩いていると、高校の頃を思い出す。制服で一緒に歩くようなことはほとんどなかったが、スカートをはいた宮城が隣にいると、あの放課後が近くなったようで少し懐《なつ》かしい。

でも、宮城が同じことを考えているようには思えない。

彼女は黙ってファミレスへ続く道を歩いている。

車が走る音や子どもの声。

夕方の街はいろいろな音が聞こえてきて、私たちの間に会話がないことは気にならない。

五月にしては気温が高く風もないせいか私には暑く感じられるけれど、宮城は平気そうだ。

前へ、前へと進んでいく。もっとゆっくりでもいいのに歩くスピードが速い。

宮城の手を摑《つか》んで、歩く速度を落とさせたくなる。

私は手を伸ばしかけて、やめる。

彼女のスピードに合わせて歩く。

せっかく楽しい気分でいるのだから、手を振り払われるようなことはしたくない。あっという間にファミレスについても、食事がすぐに終わっても時間はたくさんある。

宮城が私と過ごしてくれるのかはわからないけれど。

「ご飯食べたら宮城はなにするの？」

先を急ぐ宮城に問いかける。

「食べてから考える」

宮城が良い返事とは言えない返事を口にして、私たちはファミレスに入る。

メニューを見て、注文をして。

最近したことやあったことの話を少しする。

宮城はほとんど聞き役に回っていたけれど、私が尋ねれば買った本の話だとか、大学の話をしてくれる。会話が弾んでいるとは言えないが、高校時代から弾まないから気にはならない。でも、喋らなければ食事はすぐに済んでしまって、家を出てから二時間もしないうちに家へ戻ってきていた。

「で、これからなにするか決まったの？」

玄関で靴を脱いで宮城に尋ねる。

「部屋に行ってもいい？　スカートも返したいし」

「いいよ」

最近の宮城はやっぱり変だ。機嫌が悪そうな日も、なんだかんだ言いながら私の近くにいる。今日もこれから私の部屋に来るし、隣に座ってくれるはずだ。

私には宮城がなにを考えているのかわからない。

でも、それを嬉《うれ》しいと思っている。

「宮城、飲みものいる？」

共用スペースで立ち止まって宮城を見る。

「いらない」

素っ気ない答えが返ってきて、そのまま私の部屋へ行く。電気をつけ、エアコンをつけるか迷う。いくら暑いとは言え、まだ五月だ。気温を考えればつけても良さそうではあるけれど、この時期からエアコンを使うことは酷《ひど》く悪いことのような気がしてやめておく。

「仙台《せんだい》さん」

ベッドを椅子代わりにした宮城に呼ばれて隣に座ろうとすると、足を蹴られる。私は仕方なく床に座って宮城を見上げた。

「なに？」

「足、舐《な》めて」

「その命令、久しぶりにきいた。でも、もう命令するのはなしだから」

今の私たちの間に五千円は存在しない。

あるのはルームメイトという関係だけだ。

「罰ゲーム。仙台さん私が言わなかったら、ご飯食べに行くっていう約束守らなかったでしょ」

「ちょっと約束守るのが遅くなっただけで、言われなくてもちゃんと守ったって」

「じゃあ、スカートの代わり」

低い声で宮城が言う。

家を出る前よりも明らかに機嫌が悪くなっている。

「スカート？」

「そう。仙台さんのいうことをきいて着せ替え人形になったんだから、今度は仙台さんが私のいうことをきいてよ」

なるほど。

だから、素直にスカートをはいたのか。

今になって、文句を言いながらも宮城《みやぎ》が私の提案を受け入れた意味に気がつく。最初から足を舐めさせようと考えていたとは思わないが、交換条件という名目でなにかさせようとしていたことは間違いない。

「命令してもいいけど、変な命令はきかないから」

「足舐めるの、仙台さんにとって変な命令じゃないと思うけど。何度もしてるし、仙台さん、私の足好きなんでしょ」

可愛い格好をして可愛くないことを言うと、宮城が私の肩を蹴って足を組んだ。スカートの裾が揺れて、彼女の足に視線が吸い寄せられる。意識が高校時代に飛んで、宮城の部屋が頭に浮かぶ。

思わず彼女の足に手を伸ばしそうになって、私は自分の手を握りしめる。今、そういうことをするのは良くない。でも、宮城の態度から、彼女が一歩も引かないということもわかる。

「私がいうこときいたのに、仙台さんがきかないのはおかしい」

頭のてっぺんに宮城の声が降ってきて、気がつかれないように小さく息を吐く。

「……靴下脱がせるところから？」

「そう」

「わかった」

目をぎゅっと閉じてから、開く。

宮城の靴下を脱がせ、踵《かかと》に手を添えて顔を近づける。白すぎない健康的な足で視界がいっぱいになって、足の甲に唇を押し当てる。

真ん中と指の付け根。

何度かキスをすると、「ちゃんと舐めてよ」と強い声が降ってくる。

できれば、こういうシチュエーションは避けたかった。今の私には、足を舐めるという行為が酷く生々しいことのように思える。

でも、宮城が舐めろと言って譲らないのだから仕方がない。

人差し指の先、舌先をつけて根元まで舐め上げると、宮城の体温が伝わってきて私の体温も上がったような気がする。エアコンをつければ良かったと思うけれど、今からつけるわけにもいかない。

スカートを膝までまくると、久しぶりに見た膝に心臓がどくんと大きな音を鳴らした。踵から土踏まずに手を滑らせる。

ゆっくりと指の付け根まで撫《な》でると、宮城が「仙台さん」と不機嫌な声で私を呼んだ。それはやめろということで、私は足の甲にキスをして舌先を押しつける。足首まで舌を這《は》わせて、脛《すね》の上にキスを落とす。

スピーカーでもくっついているのかと思うほど、心臓の音がうるさい。

短く息を吐いて吸う。

舌をくっつけて、骨のあるところを舐める。ふくらはぎに指を走らせて膝の裏を撫でると、宮城の足がびくんと跳ねた。嫌がるように足が逃げだそうとするから、ふくらはぎを強く摑んで骨に沿って舐め上げる。硬い膝にキスをして、私は顔を離した。

「続けて」

宮城が私の肩を蹴る。

「無理」

「なんで?」

「なんででも。もう終わり」

「勝手に終わりにしないでよ」

「足以外も舐めていいなら続けてもいい」

「そういう命令じゃない。足舐めてよ」

宮城が不機嫌に言うと、組んでいた足を崩して舐めろというように私の太ももの上に置いた。

一応、理性を保とうと努力はした。

でも、これ以上は無理だ。

理性を留めているネジが緩むどころか、外れて落ちる音が聞こえる。もともと緩みやすかったネジはこの部屋のどこかにコロコロと転がって、見つからないように息を潜めている。いや、私自身探す気がない。感情のストッパーだった理性は固定するものを失い、崩れ落ち、氷のように溶けていく。この暑い部屋では、形を失った理性がもとに戻ることはない。

私は宮城の足をどけて立ち上がる。

「なに？」

宮城の声が聞こえて、少し迷ってからベッドに右膝をのせる。彼女の肩に手をかけて軽く押す。わかっていたけれど、彼女の背中はベッドにくっつかない。

「宮城、押し倒されなよ」

「絶対にやだ。仙台さん、変なこと考えてるもん」

私は宮城と一緒に住むようになってから、少ないなりに話をしたり、食事をしたりして、ルームメイトという関係を維持してきた。この関係に不満がありつつも、ルームメイトという関係を維持し続けたいと思っていた。――そう思おうとしてきた。

「否定はしないけど」

私にはずっと邪《よこしま》な気持ちがあって、宮城には言えない夢を見ることがある。

だから、この命令には従わないと言ったのに。

最近、宮城がおかしいから、変な命令をしてくるから、こんなことになる。

この邪な気持ちは宮城が育てたようなもので、足を舐めろなんて命令をしてそのあとは知らんぷりだなんて困る。私はちゃんと断った。その私の言葉を無視したのだから、宮城が悪い。

「仙台さん、どいて」

宮城が強い口調で言う。

「どいたらどうするの？」

「部屋に戻る」

「じゃあ、どかない」

「どいてよ」

鋭い目と低い声。

でも、宮城は私を蹴ったり、噛《か》んだりしない。

私を押しのけて逃げるわけでもない。

そのすべてをすることができるのにそうしないのは、宮城が本気で嫌がるようなことを、私がしないと信じているからなのかもしれない。

だとしたら、私はその信頼を裏切りたくはないと思っている。

「――宮城」

声が掠《かす》れる。

ゆっくり、時間をかけて。

信頼された私でいようと思うなら、せめて宮城が部屋に私を入れてくれるようになるまで待ってから彼女に近づくべきだと思うけれど、いつになるのかわからない日を待てそうにない。私は風の中を駆け抜けるスピードで宮城に近づきたい。

「お願いだから、これから私がすること許してよ」

部屋は静かで、私の言葉だけが響く。

宮城と視線が交わる。

私はもう一度、彼女の肩を押す。

軽く、ゆっくりと。

ただそれだけで、さっきまでのやりとりが嘘《うそ》みたいに宮城の背中が簡単にベッドにつく。

「……これからすることってなに？」

私を見上げながら、宮城が探るように言う。

「はっきり言ったら許してくれる？」

宮城の髪を指で梳《す》く。

一房手に取って唇をつけようとすると、額を押された。

「許すわけないじゃん」

「だよね。だから、お願いしてる」

「……私と仙台《せんだい》さんってルームメイトだよね？」

「ルームメイトだよ。今までもこれからもね」

「嘘つき。仙台さんがしたいことって、ルームメイトがすることじゃないじゃん」

「別にルームメイトがしたっていいんじゃない？」

ルームメイトという言葉は同じ家に住んでいる者同士を指すだけのもので、なにをするのかは関係がないし、これから私がなにをしてもその関係は変わらない。詭弁《きべん》でしかないとわかっているが、宮城がルームメイトという言葉を必要としているのなら残しておきたい。

彼女が許してくれるのかはわからないけれど。

「仙台さん、すぐ適当なこと言う」

「宮城も適当になりなよ」

「やだ。ならない」

宮城が断言して会話が途切れる。

彼女の手が私の肩に触れ、強く押される。

許されなくても先に進みたいと思う。

でも、宮城が本気で嫌だと言うなら諦めたいとも思う。

少し迷って、体を起こそうとすると宮城の手が離れ、小さな声が聞こえてくる。

「――許さなかったらどうするの？」

彼女が不機嫌だったり笑わないことは我慢できるが、強く拒絶されたくはないし、嫌われたくもない。

「宮城には、もう絶対にこういうことはしない。一緒に住んでいる間も、住まなくなっても。絶対にしない」

「絶対にしないって言いながら、約束破るんでしょ」

なにを考えているのかわからない顔で宮城が私をじっと見る。

「破らない。このピアスに誓ってもいい」

私がこの手で宮城《みやぎ》につけた印、銀色の小さなピアスに触れる。特別なものにしか思えないそれに唇をつけてから、耳元で囁《ささや》く。

「約束する」

「どうせそれも適当な約束でしょ。仙台さん、すぐ嘘つくし」

「適当に言ってるように聞こえた？　これはそういうピアスでしょ。約束は絶対に破らない」

小さな飾りにもう一度キスをして、耳たぶを軽く噛む。

宮城が私の髪に触れて、耳に指を這わせる。ピアスなんてないのにあるみたいに耳たぶに触れて、でも、私を遠ざけるようにゆっくりと肩を押した。それはこれからすることを許さないという彼女の意思にしか思えず、私は自分から体を離す。

先に進みたい私と諦めようと思う私が今もいて、迷っている。

けれど、この約束は破ってはいけない約束だ。

私は手を伸ばし、指先で宮城のピアスに触れる。

「宮城。ちゃんと約束は守るから」

未練がないわけではない。

それでもベッドから下りようとすると「仙台さん」と呼ばれて、宮城を見る。

視線が交わる。

宮城が小さく息を吸う。

彼女はなにも言わない。

沈黙に耐えられなくて「大丈夫だから」と約束を保証する言葉を付け加えると、宮城が聞き逃してしまいそうなほど小さな声で言った。

「……電気」

「え？」

「消してよ」

聞こえてきた声は予想もしなかったもので、返事をするのも忘れてベッドから下りる。テーブルに置いてあったリモコンで電気を消して常夜灯だけにすると、宮城が「全部消して」と怒ったように言った。私は言われた通りに常夜灯も消す。

「仙台さん、カーテンも閉めて」

「帰ってきてからカーテン開けてないし、閉まってるけど」

「隙間ないか確かめて」

言われたとおりカーテンを確かめると、わずかな隙間がある。私は一度常夜灯をつけ、カーテンを閉め直してから消す。可能な限り光を排除してすべての輪郭がぼんやりとした中、静かに宮城の元へ戻る。

「宮城」

返事をしない彼女に触れて体を近づける。

薄闇にぼやけた髪を撫《な》でて唇を重ねると、宮城の手が私の服を摑《つか》んだ。

言葉はない。

私は彼女のこめかみに、頬に、耳にいくつものキスを落とす。

闇色に近い部屋にいると外の世界と切り離されているような気がしてくるけれど、一歩外に出れば掃いて捨てるほど人がいることはわかっているし、この世界に宮城と二人きりみたいだなんて思ったりもしない。でも、この部屋は私と宮城だけの空間で、誰も私たちを邪魔できない。去年の夏休みのようなことは起こらない。起こっても、もう途中でやめるつもりはない。

そう強く思うけれど、体の下の宮城があまりにも静かで不安になる。

「ねえ、宮城。私はインターホンが鳴っても出たりしないよ。スマホが鳴っても出ないし、宮城にも出させない。でも、今ならやめられる。……宮城はこのまま続けていいの？」

理性が溶けきって歯止めがきかなくなる前に尋ねる。

「仙台さん、うるさい。するなら黙ってしてよ」

素っ気ない声が聞こえてきて、首筋を噛まれる。肩に近い場所に痛みが走るが、加減されているらしくいつものように声を上げたくなるほどではない。ぐっと歯が肉に食い込んで、すぐに離れて解放される。お返しに彼女の顎を甘噛《あまが》みすると肩を押されて、私は首筋に強く歯を立てた。嫌がるように宮城が私を押す。彼女が動くと、いつもと同じなのにやたら甘く感じるシャンプーの香りにくらくらする。

闇と同化しそうな髪に触れ、耳の形を辿《たど》るように指を動かす。耳たぶの上、ピアスに舌先をつけて、そのまま上へと骨の感触を確かめるように舐《な》め上げる。世界は墨色ですべてがぼんやりとしているけれど、触れている部分から輪郭がはっきりと伝わってくる。

「宮城」

小さく囁いて耳に舌を入れる。

宮城が私の髪を乱暴に引っ張ってくるが、力は入っていない。

「くすぐったい」

不満そうな声が聞こえてくる。

「我慢しなよ」

一言告げて耳を舐めると、足を蹴られる。

「ちょっと宮城、痛いんだけど」

「仙台さんがやめないから」

「やめるわけないじゃん。少し大人しくしてなよ」

耳を撫でて、甘噛みする。

「だから、くすぐっ――」

言葉の途中、耳を挟んだ歯に力を入れると宮城が息をのんだ。

耳の下にキスをして、首筋を舐める。外を歩いて、部屋が暑くて、汗をかいているはずなのに花の蜜を舐めたみたいに甘く感じる。シャンプーのせいかもしれないし、感覚が変になるくらい私自身がおかしくなっているからなのかもしれない。

宮城を味わうように首のへこんだところに舌を這《は》わせて、緩く噛む。服の上から脇腹を撫でて、下へと向かう。スウェットの裾から手を忍び込ませて脇腹に直接触れると、汗ばんだ肌に手が吸い付いて宮城の体温と呼吸が伝わってきた。もっと彼女を感じたくて手を強く押しつけ、服をまくり上げるようにして肋骨《ろっこつ》に触れると腕を摑まれる。

「服、脱がしたら怒る」

「大丈夫。脱がさないから」

そう言うと、私の腕を摑んだ手が離れる。

肋骨の下辺り、柔らかい部分を撫でさする。ゆるゆると手を動かしても宮城はなにも言わないが、薄く纏《まと》わり付いた闇のせいで表情はよくわからない。体を隠しているものを取り払われるという行為が恥ずかしいだけだとは思う。そう思いたい。

体の中心、お臍《へそ》に指を這わせてその上へと向かう。スウェットをこれ以上まくらないように進んでブラに触れると、また腕を掴まれた。

「さっき脱がすのやだって言った」

「脱がさないよ。触るだけ」

頬にキスをして囁くと、腕を掴んだ手が離れる。

本当は下着も服も宮城を覆うものをすべて取り去ってしまいたいけれど、彼女の意思は尊重したい。

静かに、ゆっくりと、下着の上から胸に触れる。

首筋にキスをして、そっと手を動かす。

柔らかさよりも胸を覆うレースや布の感触が伝わってくるけれど、少しだけ力を入れると手の下で体がぴくりと動く。ストラップに触れ、静かに緩やかに下へと指先を滑らせる。

「……やだ」

小さな声が聞こえてきて、手を止める。

「暗いしなにも見えないし、なにも脱がさない。宮城に触れたいだけ」

「駄目」

「脱がさなくても？」

「脱がさなくても駄目」

声は強くもなく、冷たくもなくて、本気でそう思っているのかよくわからない。

本当は胸も背中も腰も。

それ以外も全部。

宮城のすべてに触れたいし、すべてにキスをしたい。

そうすることを許してほしいと思う。

でも、宮城が望まないことをしたいわけではない。私の欲望と宮城の希望は相反するもので、その二つを天秤《てんびん》に掛ければ宮城の希望に傾く。

「……わかった」

私は服の中にあった手を外へ出し、宮城の首筋に手を這わせる。ゆっくりと手を滑らせ、スウェット越しに胸の上へ置くと、すぐに私の手は摑まれた。

力はそれなりに強く、ぎゅっと握られているが、嫌がっているようには思えない摑み方で、でも、また駄目だとは言われたくはない。ゆっくりと〝していいこと〟と〝悪いこと"を探ることができればいいが、そういう時間を宮城が与えてくれるとは思えない。私は小さく息を吐いてから、宮城の首筋に唇をつけて強く吸う。けれど、すぐに背中を叩《たた》かれた。

「跡つけるのもやだ」

注文の多い宮城に何故《なぜ》私を許してくれたのか聞きたくなるが、問いかけた瞬間にこの時間が終わってしまうであろうことは予想できる。

「キスはいいんだよね？」

一応尋ねてみるが、返事はない。

それはおそらく許すということで、私は宮城の唇を塞いで舌を差し入れる。唇の柔らかな感触の奥、硬い歯が当たって、宮城の舌先にちょんと触れる。軽くつつくと、積極的ではないけれど宮城が応えてくれる。柔らかいくせに硬くて温かいそれは、わずかな動きで私の思考を奪う。ぬるりとした舌が絡《から》んで、呼吸の仕方もわからなくなる。

どうして宮城だけが私の理性を溶かすことができるのかわからない。

どうしてこんなにキスがしたいのかもわからない。

それでも体は勝手に動いて宮城《みやぎ》の唇を噛《か》んで、舐めて、何度もキスをする。宮城の呼吸が乱れて、私の呼吸も浅くなっていく。でも、息苦しさよりも、お互いの体温が混じり合う気持ちの良さを強く感じる。宮城の呼吸が短く途切れ、声にならない声が混じる。不規則な呼吸は私を高ぶらせ、早く先に進みたくて仕方がなくなる。

唇を離して、宮城の指に指を絡ませる。

暗くて宮城が見えているようで見えていないせいか、手の感覚が鋭くなっている。彼女に触れているだけで気持ちがいい。

頬に唇をつけて、耳にまたキスをする。

絡み合っていた指を解いてスウェットの裾を掴むと、手を押さえつけられる。ゆっくりと彼女の手を捕まえ、唇をつける。指先に、手の甲に、手首に、キスをして、スウェットをそっとまくって、柔らかなお腹《なか》にも唇をつける。

一回、二回。

唇をつけて離す。

もう少しスウェットをまくって、肋骨の下に唇を押しつける。

軽く歯を立てると、宮城の体が小さく跳ねて私の頭を掴む。

舌先を押しつけ、緩やかに滑らせ、またキスをする。

この許された行為が終わり、またキスをしたときに、私の唇が今日どこに触れたのか宮城が全部思い出すように、許される場所すべてに唇をつける。くすぐるように、撫でるように残らない跡をつけていく。

肋骨を指先で辿り、みぞおちに唇を強く押しつける。

舌先をくっつけると、宮城の体がびくりと動く。

唇をつけるたび、彼女の呼吸が浅く、短くなっていき、つられるように私の呼吸も乱れる。

手を脇腹に這わせ、スカートの上から腰骨を撫でる。そのまま手を滑らせてスカートをたくし上げると、宮城の体が小さく震えて肩を押された。

手を止めて、薄闇にぼやける宮城を見る。

嫌だという声は聞こえない。

「宮城」

静かに呼ぶと、肩にぎゅっと指が食い込む。

文句は言ってこない。肩を摑む指も抵抗と言うほどの力ではない。

これからなにをするのか。

わかっていて迷っているだけだと思う。

去年の夏もこうなることを予測させるような出来事があった。

「許してくれるんだよね？」

宮城が躊躇《ためら》う気持ちはわかる。

なるべく優しい声で尋ねると、肩にあった手が離れる。

「仙台《せんだい》さんのへんたい」

「変態でいいよ」

私は半分ほどたくし上げたスカートをさらにたくし上げ、宮城の太ももに指を這わせる。

彼女の体に力が入り、手を止める。

彼女の緊張が伝わってきて、少し迷う。

今、そこに触れるのは性急すぎる。

でも——。

乱れた呼吸を整えるように息を吸って吐く。

指を静かに滑らせる。

宮城の体からは力が抜けないけれど、私を止める言葉は聞こえてこない。

下着に手をかけてから、自分の爪が気になる。

こんなことになるとは思わなかったから、爪がどうなっているかわからない。確かそれほど長くはないはずだけれど、痛くするようなことがないか気になる。

手を動かせずにいると、宮城の体が小さく動く。

彼女が逃げ出してしまいそうな気がして、下着の中に手を差し入れる。他人のこんな場所に触れることなんて今までなくて、いや、あるわけがないのだけれど緊張する。さっきまで勝手に動いていた私の体は、電池が切れかけた人形みたいに動きが鈍い。静かにそっと手を進めると、今まで触れた宮城のどの場所とも違う感触と熱さを持った場所に行き当たって指先がぬるりとしたもので湿った。

心臓が壊れてしまいそうなほど速く動いて、頭の芯が宮城のそこと同じように熱くなる。私は、恐る恐る指をほんの少しだけ動かす。

「んっ」

記憶のどこにもない声が聞こえて、思わず手を止める。甘えたようなそれは明らかにいつもとは違う声で、心臓が飛び出しそうなくらい驚く。

「……やっぱり、やだ」

宮城が聞き逃しそうな声で言う。

でも、指先から伝わってくるのは彼女が嫌がっていないとわかる反応だ。触れられたことに体が反応しただけで、ほかの人に触られても同じことが起こるのかもしれないけれど、今、指の先にあるのは私に触れられることを許した結果で、それがどれだけ私を喜ばせているか宮城には絶対にわからない。

この状況で、やだ、なんて言われても無理だ。

やめることなんてできない。

「――どうしても無理だったら言って」

湿った指を宮城の一番敏感な部分に這《は》わせ、撫《な》でるようにゆっくりと動かす。

もう宮城は声を出さない。

代わりに、緩やかに動かす指に合わせるように呼吸が荒くなっていく。今まで感じたことがないくらい宮城の体温を感じる。今日触れたどこよりも熱くて指が溶けそうで、自分が吐き出す息まで熱くなって喉が焼けそうに痛い。

指先に力が入り、宮城の体が小さく動く。お互いの感情を混ぜ合わせたようなどろりとしたものが指にまとわりついて、私を濡《ぬ》らす。

緩やかに指先を動かし続ける。

私を誘うように宮城の熱が溢《あふ》れ出して、指先が宮城に溺れていく。

かすかに宮城の声が聞こえて、薄闇に溶ける。

墨色の世界では宮城がいつまでもぼやけていて、こんなにも彼女に触れているのに満たされない。宮城のことをもっと知りたくなる。

もう少し。

もう少しだけ指を滑らせれば、もっと宮城の体温と混じり合うことができる。誰も触れたことのない宮城の奥まで知ることができる。私が知らない宮城で、ほかの人が知りようのない宮城を知ることができる。

彼女の乱れた呼吸が、私の頰や耳を不規則に撫でる。溶けた理性に隠されていた感情が私を突き動かそうとするけれど、緩やかに動かしていた指を無理矢理止める。

「せん、だ、いさ……ん？」

宮城が掠《かす》れた声で私を呼ぶ。

聞いたことのない声に引き寄せられ、宮城の深い場所に通じるそこに指を滑らせたくなる。でも、薄闇に包まれ、服と下着に覆われていることを選んだ宮城にそんなことをしたら、彼女は私から逃げ出してしまうに違いない。

「大丈夫？」

小さく尋ねると、返事をするように宮城が私の服を摑《つか》んで引っ張った。

彼女の表情はよく見えない。

知りたいことを全部知ろうとして、この手を剝がされるようなことにはなりたくない。

私ははやる気持ちを押しとどめ、止めていた手を許されるであろう範囲で動かす。

せめて葉月《はづき》と呼んでほしいと思う。

絶対に叶《かな》わない願いだとわかっているけれど、普段は聞かせてくれない甘い声で葉月と呼んでほしいし、私が志緒理《しおり》と呼ぶことを許してほしい。それが駄目なら、引き結ばれた唇と噛みしめられているであろう歯をこじ開けて、宮城がのみ込んでいる声を聞きたい。

でも、どれも許してくれないことはわかっている。

だったら、許されていることを享受するべきだ。

わかっている。

けれど、もっと許されたい。

私の手で変わる宮城が見たいし、誰にも聞かせない声を私だけに聞かせてもっと乱れてほしい。

これからも、どこまでも。

こんなことを考えている私を許してほしい。

指先を滑らせる。

宮城の感情の一端が私に絡みつく。

部屋が暑くて、宮城が熱くて、指先の感覚だけがやたらはっきりとしている。宮城に欲情している私と、自分を抑制しようとしている私がごちゃごちゃになって混じり合う。どうすればいいのかわからなくなって、耳元で志緒理と呼ぶ代わりに「宮城」と囁《ささや》く。

葉月、とは返ってこない。

それでも、何度も宮城と呼ぶ。囁く声はいつもとは違って掠れたような声で自分の声とは思えないけれど、繰り返し宮城と呼んでいると服を強く引っ張られた。

「うる、さい。だまっ……て」

耳元で切れ切れの声が聞こえて体がくっつく。

けれど、宮城が私を引き寄せたのは私を黙らせたかっただけで、深い意味などないはずだ。それでも布越しでもわかるほど熱い体は、宮城がまるで私を求めているようで嬉《うれ》しくなる。

「宮城の声、もっと聞かせて」

一つくらい叶ったらと、願いが声になって零《こぼ》れ出る。

「や、だ」

小さく、感情を押し殺そうとした声が聞こえる。

聞き逃さないように耳に意識が集まる。

「じゃあ、やだってもっと言って」

「う、るさい」

薄闇に溶けて消えそうな声に耳がくすぐられる。

宮城《みやぎ》の声を聞いているだけでどうにかなってしまいそうで、もっと彼女に〝お願い〟する。

「……黙ってるから、葉月って呼んでよ」

「や……だっ」

私の理性は宮城に溶かされて消えてしまっているのに、宮城の理性は溶けきらない。彼女の中に留まり、私を跳ね返す。こういうときでも宮城は宮城で、私はそんな彼女の理性を溶かしたい。

「だったら、全部嫌でいいからキスして」

宮城に顔を近づけると、肩を押される。

でも、その手には力が入っていない。

彼女の頬にキスをして、「お願いだから」と囁く。

宮城の手が私の頬に触れ、唇に触れる。そして、諦めたように唇を合わせてくる。

キスは宮城がしたくてしたわけではない。私がお願いしたからで、彼女の意思とは関係のないキスだ。それでも宮城からキスされたことに呼吸が止まりそうになる。

何度か唇が触れ合って、宮城が私の肩を摑む。

呼吸が荒くなって、噛《か》み殺せない声が漏れ聞こえてくる。

鮮明に覚えているはずだったのに、日が経《た》つにつれて細部がぼやけてきていた去年の夏の記憶が更新されていく。宮城の声、匂い、感触。何度も見てきた夢の解像度を上げるパーツが集まっていく。

きっと、今日の宮城を何度も夢に見る。

不確かだった部分が今日の宮城と置き換わった鮮明な夢を見るたびに後悔しそうだと思うけれど、ずっとこういうときに宮城がどういう声を出して、どういう反応をするのか知りたかったからやめられない。

指を宮城に強く押しつけると、首筋を噛まれる。

歯が食い込んで痛い。

でも、この痛みは宮城が感じている気持ちの良さと連動しているはずだ。そう思うと、痛みすら私の呼吸を乱す理由になる。もっと痛くしてくれてもいいと思う。

加減されることなく立てられる歯によってダイレクトに伝わってくる宮城の感情に、意識が飛びそうになる。触っているのは私のはずで、気持ちがいいのは宮城のはずなのに、私まで気持ちがいい。

この時間がずっと続けばいい。

そう思うけれど、首から痛みが消えて苦しげな宮城の声が聞こえてくる。

「せん、だ、いさん」

苦しそうに私を呼ぶ声から、宮城が限界に近づいていることがわかる。

まだ、もっと、ずっと。

手を止めて、この時間を引き延ばしたくなる私を追い出す。緩やかだった指のリズムを変える。

溢れ出た感情が指先を酷《ひど》く濡らし、宮城が私の肩を摑む。

今まで感じたことがないほどぎゅっと強く。

でも、痛みを感じる前に宮城の体から力が抜けた。

不規則な宮城の呼吸音と、私の荒くなった呼吸音だけが部屋に響く。

息を吐く音も、伝わってくる体温も、感じられる宮城のすべてが心地良くて、くたりとしている彼女にキスをする。柔らかな唇に軽く触れてから下唇を舐《な》めると、私を待っていたように薄く唇が開く。でも、私の舌先が彼女のそれにくっつくとすぐに押し返された。

「……暑い」

宮城が乱れた呼吸を整えながらぼそりと言って、私の体を押す。宮城に同化しそうだった指を離すと、私を押しのけて彼女がベッドから下りた。

「宮城――」

どこへ行くつもりなのか尋ねようとしたけれど、聞く前にテーブルにぶつかったらしい宮城の「いたっ」という声が聞こえてくる。

「電気つけようか？」

そう口にして、手元にリモコンがないことに気がつく。

「自分でつける」

「リモコン、テーブルの上にある」

常夜灯がつき、宮城がカモノハシを抱えて戻ってくる。そして、ベッドに腰掛けると、彼女はティッシュを数枚引き抜いて私の手を拭った。

宮城の痕跡が私から消えていく。

いつもより念入りに指を拭っている彼女はうつむいていて、表情がよく見えない。

濡れた指が乾き、宮城の体温が消え、それでも彼女はうつむいている。

「お風呂《ふろ》入ってくる。……体、洗いたいし」

宮城が立ち上がり、私に背を向ける。

引き留めたいと思うけれど、引き留める言葉が見つからない。一つ一つ上るべき階段を二つどころか、三つも四つも飛ばして宮城に触れてしまったせいで、私たちがこれまで無視してきた〝順序〟に不安を覚える。

「宮城」

ドアの前、彼女が立ち止まる。

かけるべき言葉はまだ見つからないが、なにか口にしたほうがいいと思う。

「大丈夫？」

今日何度目かの言葉を口にすると、「うん」と静かに返ってくる。でも、それ以上の言葉はなく、ぱたん、とドアが閉まって宮城の気配が消えた。

第10話　私の知らない仙台《せんだい》さんと私の知らない私

スカートを返していなかった。

脱衣所でそんなことに気がついたけれど、今から仙台さんの部屋に戻ろうとは思えない。

私は服を脱いで、鏡に映った自分を見る。

跡が一つも残っていない体から、仙台さんが私のいうことをきいてくれたことがわかる。

さっきまでのことは、全部私の夢だった。

そう言われたら信じてしまうほど、私の体には仙台さんの跡がない。

首筋を撫《な》でる。

なにも残っていないはずなのに、跡が残っていそうな気がする。首だけじゃない。仙台さんが唇をつけた場所すべてになにかが残っているようで、ほかのことを考えたくても上手《うま》くいかない。

仙台さんの声、息遣い、手の感触。

さっきまで感じていたすべてが頭の中に残っていて、思考の大半を奪っている。これから数時間、いや、もっと。数日、一週間。どれくらいなのかわからないけれど、彼女のことばかり考えてしまいそうで嫌だ。私の時間に割り込んでこないでほしいと思う。仙台さんを許したらどんなことになるのかはわかっていたけれど、こんなにも仙台さんで埋め尽くされるなんて思っていなかった。

私は小さく息を吐いてから、下着を脱いで浴室に入る。

浴槽にお湯がないことに気がついて、シャワーからお湯を出す。

「つめたっ」

出てきているものは明らかに水で、私は慌てて足を濡《ぬ》らすものを止めた。五月にしては暑い日だと言っても、バスルームで水浴びをするつもりはない。頭は冷やしたほうがいいかもしれないけれど、体から熱は引いているし、乱れていた呼吸も整っている。

こんなのは平気だ。

大丈夫。

私は静かに息を吸って吐く。

今日は夏休み最後の日とは違って、区切りになるような日じゃない。記憶に残る出来事だったけれど、去年の夏のように日付まで覚えているようなことにはならないはずだ。

でも、言い逃れはできないと思う。

あの日は、勢いでとか、気まぐれでとか後から言い訳ができるシチュエーションだった。冬休みの前には胸を見られたけれど、あれは勉強を教えてもらうという交換条件の先のものだ。冬休みに自分から仙台さんに触れたことも言い訳しようと思えばすることができる。今日は勢いでも気まぐれでもなく、交換条件もなかったのに断るという選択肢を選ばなかった。なにをするのかわかっていて、許すと決めた。

すっきりとしないけれど、それは自分で決めたことだからいい。言い訳を探したくて仕方がない私はねじ伏せるしかない。

ただ、自分の変化に驚いた。

あんな声がでるとは思わなかったし、あんな風に体が反応するとは思わなかった。

そして。

——あんなに気持ちがいいとは思わなかった。

全部わかっていると思っていたけれど、本当にはわかっていなかった。

私は用心深くお湯を出す。

シャワーから流れ出るお湯が熱すぎず、ぬるすぎない温度になったことを確かめてから体にかける。

ほかの誰かと同じことをしたことはないから、誰としてもああなるのかはわからない。

でも、きっと、たぶん、気持ちが良かったのは相手が仙台さんだからで、そんなことはずっと知らずにいたほうが良かったと思う。

五千円で仙台さんの時間を買うようになったとき、セックスはしないと約束をした。今日したことをセックスと呼んでいいのかわからないけれど、過去にした約束から遠く離れた場所に来てしまったと思う。

足、舐めて。

今日、私が仙台さんにした命令は、高校生だった私と仙台さんが何度もしたものだけれど、その先が違った。

知らないものは人を不安にさせる。

大学生になった仙台さんはバイトを始めて、バイトを優先するようになり、私を後回しにするようになった。私の知らない仙台さんを連れてくるバイトという言葉は面白い言葉ではなかったけれど、私に従う彼女を見ていると、バイトという異質なものが彼女の変わらない部分で中和され、少しは受け入れられるような気がした。だから、命令の交換条件になりそうなものとして着せ替え人形になることを受け入れたのだけれど、こんなことになるとは思わなかった。

大体、自分があんな風になるとわかっていたら許さなかった。

いつか許すようなことがあるかもしれないとは思っていたが、それは今日じゃなかったはずだ。それなのに仙台さんが、今日許さなかったらもう絶対にこういうことはしないなんてピアスに誓ったりするから、気持ちが揺らいだ。

「……明日、どうしよう」

お湯を止める。

仙台さんからされたことに私がどう反応したか。

全部、彼女は知っている。

触っていた本人が知らないわけがない。

きっかけを作ってしまったのは私だけれど、自分があんな風に反応するなんて仙台さんに知られたくなかった。できれば彼女の記憶を消してしまいたいが、そんな魔法のような力は持っていない。

一緒に住んでいる以上、顔を合わせないように時間をずらして生活したって、一生顔を合わせないというわけにはいかないし、彼女に一生会いたくないわけでもない。

「……最低だ」

さっき聞いた仙台さんが私を繰り返し呼ぶ声は、ルームメイトを呼ぶ声とは言えない声だった。耳を撫でる声は心地が良すぎて、あれ以上聞きたくなくて彼女を止めたのに、あの声をもう一度聞きたいと思う。でも、もう一度聞こうと思ったら今日と同じことをすることになる。

――無理だ。

ああいう自分をまた仙台さんに見せるなんて考えられない。

私が仙台さんに触れたら彼女がどんな声をだすのか知りたいとも思うけれど、大人しく彼女が触らせてくれるとは思えない。

頭の中に浮かぶことはまともではないことで、自分がおかしくなっていることがわかる。このままでは、明日どんな顔をして彼女に会えばいいのかわからない。明日なんてこなければいいと思う。

「仙台さんのばーか、ばーか、ばーかっ」

ルームメイトだって言ったじゃん。

卒業式があった日、仙台さんは確かにそう言った。だから、ここにきてからずっと仙台さんはルームメイトで、これから四年間はルームメイトのはずだったけれど、今日したことはルームメイトがするようなことじゃない。仙台さんは「ルームメイトがしたっていいんじゃない？」なんて適当なことを言っていたけれど、聞いたことのない声をお互いに聞いた私たちがこの先も変わらずにいられるのかわからない。

高校生だった頃にはなかったルームメイトという言葉は、四年間一緒に暮らすためのチケットのようなものだ。その言葉がなくなってしまったら、四年が過ぎる前にこの生活がなくなってしまいそうだと思う。

仙台さんがいなくてもいいけれど、いなければ気になる。

知ることができないことすべてを知りたくなる。

側《そば》にいたって気になるのに、いなくなったりしたらどうしていいのかわからない。だから、卒業式という区切りがあって、そこで終わりになるはずだった関係を今も続けている。

でも、そんなことを考えている自分を持て余している。

私は体を洗い、パジャマ代わりのスウェットを着て脱衣所を出る。

共用スペースに仙台さんはいない。

麦茶をグラスに注いで、部屋へ持って行く。

半分飲んでから、本棚の黒猫を枕元へ移動させてベッドに寝転がる。

仙台さんが壁の向こうにいる。

今、彼女がなにを考えているのか気になる。

私の知らない仙台さんと私の知らない私。

今日、お互いに知らなかったことを知った。

今まで知ることができなかった仙台さんを知ることができたことが、良かったことなのかわからない。この先、後悔するかもしれないし、しないかもしれない。どうなるのか今は想像することができない。

ただ、私ばかりが恥ずかしい思いをさせられたことは納得がいかない。こういう目に遭うのは私ばかりのような気がする。

私は、黒猫のおでこに唇をくっつける。

嫌だ。

こんなに仙台さんのことばかり考えたくない。

大学のことでもいいし、舞香《まいか》のことでもいい。とにかくなにか違うことを考えたいのに、すぐ近くにあった熱がないことに物足りなさを感じている。

こんなの、私じゃない。

まだ眠るつもりはないけれど、ぎゅっと目を閉じる。

頭の中に仙台さんが当然のように浮かんで、私は小さく息を吐いた。

◇◇◇

「で、なにがあったの？」

部屋に一歩足を踏み入れた瞬間、舞香が言う。

家へ遊びに行くと最初に「なにか飲む？」と聞いてくれることが多いけれど、今日の舞香にとって飲み物はどうでもいいものらしい。

「話す前に、鞄《かばん》置いてもいい？」

この部屋の主である舞香に尋ねる。

「いいけど、約束したんだからなにがあったのか教えてよね」

「うん」

私はテーブルの横に鞄を置いて、柔らかなラグの端に座る。舞香の部屋には大学生になってから何度も遊びに来ているけれど、これから答えなければならないことを考えると少し緊張する。

「じゃあ、理由を教えて。ほんとに喧嘩《けんか》なの？」

舞香が向かい側に座り、私をじっと見る。

理由というのは私が大荷物を持って大学に行った理由で、もっと言えば舞香の部屋に泊めてもらう理由だ。講義室で「今日、泊めてほしい」と舞香に頼んだときに「ルームメイトと喧嘩したから」とその理由を説明したけれど、彼女はそれだけでは納得しなかった。

でも、昨日の出来事――ルームメイトにあるまじき行為が原因で仙台《せんだい》さんから逃げてきたなんて言えるわけがない。舞香には親戚と一緒に住んでいると伝えているから、ここで仙台さんの名前を出したら話がややこしくなる。

「ちょっといろいろあって。なんか喧嘩っぽくなったっていうか」

自分でも驚くほど下手な嘘《うそ》に心が痛む。

舞香に隠し事はしたくないと思うけれど、過去に仙台さんとあったことをすべて隠したままルームメイトになった経緯を上手《うま》く説明する自信がない。そして、すべてを話す勇気もない。

私はいつだってそうだ。

勇気が足りない。

朝、仙台さんの顔を見る勇気。

夜、一緒にご飯を食べる勇気。

そういうものが足りないから、仙台さんが起きてくる前に家を出た。彼女から逃げたところでなにも解決しないことはわかっているし、会いたくないわけではないけれど、仙台さんとどんな顔をして、どんな話をすればいいのか、どれだけ考えても私にはわからなかった。

「だから、そのいろいろを教えてほしいんだって」

舞香がわざとらしい笑顔を作って、「この狭い部屋に志緒理《しおり》を泊めるんだからさ」と催促してくる。

彼女の言葉通り舞香の部屋はそう広くないワンルームだけれど、綺麗《きれい》に片付けられているせいか狭いと思ったことはない。私一人くらいなら増えても問題はなさそうだが、泊めてもらう立場の私には文句を言う権利がないし、理由くらいは告げるべきだと思う。でも、ルームメイトが仙台さんだというところから始まって、昨日あったことに繫《つな》がるところまで話す勇気はやっぱり出ない。

「ほんとに喧嘩なんだって」

私は、最初についた嘘を押し通すことにする。

「志緒理、喧嘩するタイプじゃないじゃん」

「親戚だし、ちょっと言い過ぎちゃって」

「それって志緒理が悪いの？」

「んー、どっちが悪いって感じのことじゃないと思うんだけど……。ちょっと頭を冷やしたいっていうか」

納得したのかわからないけれど、舞香が「ふうん」と言って私を見た。

「志緒理。ちょっと頭を冷やすってどれくらい？」

「ちょっとはちょっと」

「頭が冷えるまでうちに泊まるつもりなら、ちゃんと教えて」

舞香が真面目な声で言う。

「……三週間とか」

私はそう言ってから舞香を見て、「……二週間でも」と訂正する。

「どっちにしても長くない？」

「じゃあ、一週間。三日でもいいし、泊めて」

「泊めるのは二週間でも三週間でもいいんだけど、喧嘩って長引くと仲直りしにくいよ？早く家に戻ったほうがいいんじゃない」

柔らかだけれど芯のある声に、舞香が私を泊めたくないのではなく本気で心配してくれていることがわかって、針で刺されたくらいだった胸の痛みが杭《くい》でも打たれたくらいに大きくなる。

「……わかってるけど」

昨日あったことを考えたら、私が今日帰らなくても仙台さんはそんなものだと思ってくれるだろうけれど、早く家に帰ったほうがいいとは思う。日が経《た》てば経つほど帰りにくくなるし、舞香の好意に甘え続けるわけにもいかない。

それに、私は今日も仙台さんのことを考えていた。

朝、私がいないことに気がついてどう思ったのか。

大学で私のことを考えているのか。

またああいうことをしたいと思っているのか。

いろいろなことが頭に浮かび、気持ちも浮いたり沈んだりして結局家に帰らずに舞香の部屋にいる。

「まあ、志緒理がいてくれたら楽しいし、ここにいるのはかまわないんだけど、ちゃんと考えたほうがいいよ。とりあえずなにか持ってくるから座ってて」

そう言うと、舞香が立ち上がる。

私は冷蔵庫を開ける彼女にルームメイトと体の関係ができたときの対処法を尋ねてみたくなるけれど、聞けば対処法よりもルームメイトが誰でどうしてそうなったかを説明する時間のほうが長くなりそうで、知り合いの話だなんていうたとえ話も心の奥底に封印してラグの上に倒れ込む。

せめて「ちゃんと考えたほうがいい」という舞香の言葉に従って、どうすれば仙台さんと今まで通り過ごせるのか考えたいが、彼女のことを考えると日曜日の記憶も一緒に引っ張り出されて頭が働かなくなる。

「梅とオレンジ、どっち飲む？　ちなみに梅のジュースは新商品」

舞香が戻ってきて、ごろごろしている私に持ってきたグラスの中身を説明する。

「オレンジジュース」

トンッとテーブルの上にグラスが置かれる音が聞こえて、私は体を起こした。

「――志緒理」

「なに？」

「喧嘩の相手って言うか、一緒に住んでるのって実は彼氏だったりする？」

元いた場所に座った舞香がやけに真剣な目で私を見る。

「なんでそう思うの？」

思ってもいなかった言葉に舞香を凝視する。

「否定しないんだ」

「否定してる」

「今の否定じゃないじゃん。あやしい」

「あやしくない」

オレンジジュースを一口飲んでから「彼氏じゃないから」と付け加えると、へー、と平《へい》坦《たん》な声が返ってくる。どうやら私の言葉は信用されていないらしい。

「そのピアスも本当は彼氏のためじゃないの？」

ふざけたように言うと、舞香が手を伸ばして私の耳たぶをふにふにと触ってくる。くすぐったくて身を引きながら「違うって」と答えると、耳たぶから指が離れた。

私はくすくすと笑っている舞香の指先を見る。

仙台さんにも耳を触られたけれど、舞香が触れたときとはまったく違う感覚があった。

自分で自分の耳を触る。

当たり前のことだけれど、仙台さんが触れたときとは違う。彼女の手は、ほかの誰の手とも違った。

日曜日、仙台さんの手は確か——。

私は昨日のことを思い出しかけて、浮かび上がってきた記憶をオレンジジュースで胃の中に沈める。体に開けた穴に留められているピアスよりも仙台さんは私の心の奥深くにまで入り込んでいて、油断をするとすぐに顔を出そうとする。

「志緒理、これ美味《おい》しい。一口飲む？」

向かい側から舞香のグラスが私の前に置かれ、薄く色づいた透明な液体が揺れた。さっき梅と言われたせいか、爽やかな酸味を感じさせる香りが漂っているような気がする。

「いらない」

梅は嫌いではないけれど、グラスを舞香《まいか》に返す。

「そっか」

舞香の声と重なるように私のスマホが鳴って、鞄の中から取り出す。画面を見ると、『朝どうしたの？』と仙台さんから何度目かのメッセージが届いていた。

仙台さんにずっと会いたくなくて、早く会いたい。

私は気持ちの整理ができなくて、メッセージには返信せずにスマホを鞄に突っ込む。

「今の、喧嘩の相手？」

舞香が梅のジュースを一口飲む。

「うん、まあ」

「今日、ほんとに帰らなくていいの？」

「今日は泊めて」

「好きなだけいていいけど、早く仲直りしたほうがいいよ」

私の言葉を信じたのかどうかわからないけれど、舞香が優しい声で言う。

「うん」

私は少し迷ってから、スマホを取り出す。

『ごめん。今日は帰らない』

仙台さんを心配させたいわけじゃない。

私は、最低限必要な情報を仙台さんに送ってスマホを鞄《かばん》にしまった。

仙台
今日は帰らない

あとがき

「週に一度クラスメイトを買う話」５巻を手に取ってくださり、ありがとうございます。今回もＵ３５先生が描いてくださった宮城《みやぎ》と仙台《せんだい》とともに５巻が発売されることになりました。

４巻での予告通り、宮城と仙台が大学生になりました。週クラの書籍化が決まった際に「大学生編」の書籍化を目標の一つにしていたので、感慨無量です。新天地での宮城と仙台の物語もお楽しみいただければと思います。

さて、ここで少し時間を巻き戻して４巻発売前後のお話をしたいのですが……。皆様、ボイスドラマは聴いていただけたでしょうか。

ありがたいことに脚本を書かせていただくことができまして、宮城と仙台の声で聴きたい台詞《せりふ》を盛り込みまくりました。そうです。二人がよく口にする台詞を言ったり、仙台が語尾に「にゃん」をつけて喋《しゃべ》ったりしているのです。

最高です。

宮城にも語尾に「にゃん」とつけさせることができれば良かったのですが、こういうときは難攻不落の宮城になってしまうので無理でした（笑）。またこういった機会があれば、そのときは宮城にもなにか！　と思っています。

ボイスドラマは週クラ特設サイトでクイズに答えると聴ける限定のものを含めて３本ありますので、まだ聴いていない方は特設サイトをチェックしていただけると嬉《うれ》しいです。

４巻発売時は、ボイスドラマのほかにもＰＶを作っていただきました。

こちらのＰＶは、なんと４巻発売前にアニメイトビジョン池袋で放映されました。東京が遠すぎる私は見に行くことができなかったのですが、たくさんの方が現地に見に行ってくださったようで放映期間中はドキドキしていました。４巻発売後はテレビＣＭとして使われていたので、私はこちらをドキドキしながら見ました！

そして、宮城と仙台のグッズも発売されました。

書籍の表紙や口絵のほかに、Ｕ３５先生の描き下ろしイラストがグッズになったのですが、本当にどれも綺麗《きれい》で可愛《かわい》くて！　グッズが自宅に届いたときは友人Ｎを召喚して一緒に開封の儀を執《と》り行ったのですが、めちゃくちゃ盛り上がりました。グッズのお話があったのがかなり前だったこともあり、実物を見たときは本当に嬉しかったです。特に宮城は可愛い格好をなかなかしないタイプなので、描き下ろしていただいた白のワンピースは特別感がありました。仙台もそんな宮城を見て喜んだのではないかと思います。

私はパソコンの周りにグッズを飾っているので、綺麗で可愛い宮城と仙台に囲まれて週クラを書いています。なんという幸せ空間！　いつかワニのティッシュカバーや黒猫のぬいぐるみのような二人に纏《まつ》わるアイテムもグッズ化されて、幸せ空間をさらに充実させることができたらいいな、などと思ったりもしています。

そして、ヤンチャンWebでは右腹《みぎはら》先生によるコミカライズが始まりました！　1話のネームをいただいたときに、早く公開されてほしい！　と思っていたコミカライズです。表情豊かな二人がとても可愛いので、小説と一緒に楽しんでいただけると嬉しいです。

さらになんと、週クラ公式Xを立ち上げていただきました！　中の人は担当編集さんです。お知らせや企画などいろいろありますので、ぜひぜひフォローをしていただければと思います。

最後になりましたが、5巻を読んでくださった皆様、ウェブで応援をしてくださった皆様、U35先生、担当編集様、様々な形で本作に関わってくださった皆様。多くの方々に心より感謝いたします。そして、友人Nに感謝を。Nパワー、いつも助かってます！

それでは、また6巻のあとがきでお会いできたら嬉しいです！

羽田宇佐

番外編　仙台《せんだい》さんに言うおかえり

そう長くはない人生の中で、今日が一番落ち着かない。

理由は簡単で、私の周りにあるなにもかもが新しいからだ。

見慣れない本棚にベッド。

クローゼットに窓の外の景色。

引っ越しが済んだばかりのこの部屋は、私の部屋になっていない。

過去の私が詰まっている段ボールを開けて中身を出せば少しは私の部屋らしくなるのかもしれないけれど、今日この家にやってきたばかりでそんな気にはなれない。

「あー、どうしよ」

声が大きくなって、息が止まる。

でも、本来ならこの家にいる仙台さんはまだ帰ってきていない。

彼女には悪いけれど、出かけてもらっている。

それは引っ越し業者と仙台さん、両方の相手をするのは無理だという単純なもので、どちらか片方しか相手にできないなら仙台さんに出かけてもらうしかなかった。仙台さんは「私の相手なんかしなくていいじゃん」と言っていたけれど、彼女のいる前で誰かとやり取りするのは緊張するし、ああでもないこうでもないと彼女を遠ざける理由を探すことになる。

そんなことを考えたら、荷物を運び終えるまでどこかに出かけてもらっていたほうが気が楽だ。

私は、この部屋に置くために新しく買ったベッドに腰掛ける。

座り心地が違って、立ち上がる。

私のものなのに私のものじゃないベッドは、新しい場所へやってきたことを強く感じさせる。思わず眉間に皺《しわ》が寄って、えいっとベッドにダイブして枕に突っ伏すと、私がずっと使っていた枕とは違う匂いがした。顔を上げても新しい匂いから逃れられない。それはこの部屋も私にとって新しいからで、ここに来たことが間違っているような気がしてくる。

卒業式の日、仙台さんとルームシェアすると決めたのは私だ。

選択肢を作ったのは仙台さんだったけれど、私がネックレスを彼女の首につけ、桜色の封筒を選んだ。迷いはしたけれど、新しい場所でルームメイトになると決めた。

でも、私は不安なのだと思う。

見慣れない部屋も。

見慣れない家具も。

見慣れない景色も。

そして、見慣れた仙台さんも。

私にとってすべてが新しくて、ここへ来るまで前向きだった気持ちが後ろ向きになり、逃げ出したくなる。

お母さんがいなくなってから、私はお父さんと住んでいるのにお父さんがいない生活を続けていた。家は、私以外の誰かがいるはずなのにその誰かが帰ってこない場所だった。

けれど、この家は違う。

私以外の誰かがいて、その誰かが必ず帰って来る場所だ。

仙台さんは今はいないけれど、そろそろ帰って来て、ご飯を食べたり、勉強したり、本を読んだりする。場合によっては私と話をしたりもする。だから、私はこの家で、仙台さんが隣の部屋にいるか、共用スペースにいる生活を送ることになる。

わかっていたことだが、私がずっとしていた生活と違い過ぎて落ち着かない。

誰かが帰って来る家なんて、私の中にないもの過ぎる。

だからと言って、誰も帰ってこない家に戻りたいわけではないけれど。

私は寝返りを打って、仰向けになる。

ここには一人の朝も夜も存在しない。

たぶん、夜中に起きて、後ろに誰かいるかもなんて怖くなることはない。この壁の向こう、あのドアの向こう、どこかに仙台さんがいる。これから四年間は暗闇に怯《おび》える生活をしなくていい。約束は絶対ではないから破られることがあるかもしれないが、大きな期待をしなければいいはずだ。

目を強く閉じて、開く。

仙台さんはなんでもかんでも私に選ばせようとするし、ときどき嘘《うそ》をつくけれど、そういう人間だとわかっているのだから問題ない。ルームシェアなんて存在しなかった話だから、急に期限が変わっても大丈夫だ。そう思って心の準備をしておけば、なにが起こっても耐えられる。一人で暮らすことになったって、そういうことがあると思っておけば平気なはずだ。

私は天井に向かってため息をつく。

総合的に考えると、引っ越しは悪いことよりもいいことのほうが多いように思えるけれど、不安を燃料に良くない未来を探し回ってしまう。

駄目だ。

気は進まないが、部屋を片付けたほうがいいのかもしれない。なにもせずにごろごろしていると、考えないほうがいいことで頭の中が埋まっていく。

私は立ち上がり、いくつもある段ボールの中から〝ぬいぐるみ〟と書いてある箱を開ける。そして、中からワニのティッシュカバーと黒猫のぬいぐるみを救い出す。

ワニはテーブルの下に置く。

本当はティッシュをセットしたほうがいいけれど、引っ越しの荷物の中にはない。仙台さんに聞けばどこかからティッシュを出してくれそうだが、今はいないから中身のないワニでいてもらうことにする。

黒猫のぬいぐるみをベッドの上へ置きかけて、考える。

ここは私の部屋だけれど、引っ越し前とは違って、簡単に私以外が入れる場所だ。仙台さんが勝手にこの部屋に入ってくるとは思わないけれど、万が一ということがある。

私は黒猫を本棚に置く。

本のない空っぽの棚にぬいぐるみが一つ。

「こっちにいて」

黒猫がやけに寂しそうに見えて、私は小さな頭を撫《な》でて「今、本を持ってくるから」と励ます。

「どれだっけ」

段ボールをチェックして、本と書いてある箱を開ける。黒猫の後ろにお気に入りを数冊置くと、ドアをノックする音が聞こえた。

「宮城《みやぎ》」

仙台さんの声も聞こえてきて、ドアを少し開ける。

「ただいま」

なにが楽しいのかわからないが、仙台さんが嬉《うれ》しそうに言う。

「おかえり」

私は滅多に言わない言葉を口にして、共用スペースへ出る。

ドアを閉め、仙台さんを見る。

お父さんが帰らない家には〝おかえり〟の出番がない。だから、誰もいない家に〝ただいま〟と言うことはあっても、〝おかえり〟は言うことがほとんどなかった。

この言葉は、まだ私に馴染《なじ》まない。

でも、嫌いな言葉じゃない。

私の〝おかえり〟を必要とする人がいないも同然だった昨日までとは違い、ここには必要としてくれる人がいる。まるで私がここにいる意味の一つのようで、悪い気分じゃない。

ここへ着いたときに仙台さんから言われた〝おかえり〟も悪いものではなく、ここが私の居場所だと思えるものだった。

新しい家は私に馴染まないことばかりだけれど、ただいまとおかえりが一緒になっていることは悪くないと思う。

「宮城、部屋どう？　一人で片付けられそう？」

「うん、たぶん。とりあえずベッドは使えるようにしてある」

段ボールはほとんど開けていないけれど、ゆっくり片付けていけばいい。大学が始まるまでまだ時間がある。

「片付け手伝おうか？」

「いい。仙台さんは自分の部屋片付けて」

「私はほとんど終わってるし、手伝えるから」

「大丈夫。自分でできる」

見られて困るものがあるわけではないが、自分のものは自分で整理したいし、自分で片付けたい。仙台さんに命令して本棚の整理をしてもらったこともあるが、これは違う。一から部屋を作るなら、自分ですべて作りたい。

「宮城の部屋、見てもいい？」

仙台《せんだい》さんが私の後ろを指さす。

「やだ。まだちゃんと片付いてないし」

段ボールだらけの散らかった部屋を見せるつもりはない。

部屋に入れるとしてもきちんと片付けてからで、今じゃない。

「そうだ。宮城ってベッドどこに置いたの？」

そう言うと、仙台さんがにこにこと笑う。

「なんでそんなこと聞くの？」

「ただの好奇心。私はこっちの壁際《かべぎわ》。宮城は？」

さっき私の後ろを指した指が、違う場所を指す。その場所からすると、こっち、というのは私の部屋と仙台さんの部屋の境界にあたる壁らしい。

「同じ。この壁のところ」

ベッドを置く場所にこだわりはなかった。

でも、なんとなく人が近いほうが良さそうだと思ったから、仙台さんの部屋があるほうの壁側に置いた。

「じゃあ、夜、壁越しに話ができるかも」

馬鹿みたいなことを仙台さんが言う。

「近所迷惑だし、そういうことしないから」

「冗談だって。騒いで近所の人から苦情来ても困るし」

にこにこしたまま仙台さんが共用スペースの椅子に座る。そして、「なんか、変な感じだね」と言って私を見た。

「変な感じって？」

「家に帰らなくていいから」

「……仙台さん、帰りたいの？」

「帰らないからここにいる」

「……四年間ずっと？」

「ずっと」

話が途切れて、共用スペースから仙台さんの声が消える。私も喋《しゃべ》らないから、変に静かになって居心地が悪くなる。

「仙台さん。この家に箱のティッシュってある？」

沈黙を沈黙のままにしているともっと居心地が悪くなりそうで、さっき気がついた足りないものを口にする。

「私の部屋にあるよ。持ってこようか？」

「今はいいんだけど、余分にあるなら一箱ほしい」

「わかった。あとであげるね」

仙台さんが優しく言い、すぐにまた沈黙が生まれる。

私たちはただの元クラスメイトからルームメイトになっただけで、大きくなにかがかわったわけではないはずだけれど、二人でいる時間を持て余してしまう。

「あ、そうだ！　宮城。引っ越しのお祝いしよっか？」

仙台さんも同じなのか、急に大きな声をだす。

「しなくていい。……コンビニ行く」

無理だ。

この空気に耐えてまでここに居続けるよりは、外に出たほうがいい。

「コンビニって、なにかほしいものあるの？」

「お腹空《なかす》いただけ」

「それならさ、一緒にご飯食べに行こうよ」

「コンビニでいい」

外へ出るなら一人で出ないと意味がない。彼女がついてきたら、このなんとも言えない空気を連れて出ることになってここにいるのと変わらないことになる。

「そっか。じゃあ、私も一緒に連れて行きなよ。コンビニの場所わからないでしょ」

「わかる。ここに来る途中にコンビニ見た」

「一度見たくらいだと、迷子になるかも」

「ならないし、わざわざついてこなくても仙台さんの分も買ってくる。なに食べたい？」

「見て決めたいし、一緒に行く」

仙台さんが椅子から立ち上がり、笑顔を作る。

どこからどう見ても彼女は一緒に来る気が満々で、嫌になる。コンビニはどうしても行きたい場所ではないから、仙台さんに一人で行ってもらってもいい。けれど、「一人で行って」と言えば、今度は「コンビニに行くのはやめた」と言ってここから動かないはずだ。

久しぶりに会っても仙台さんは面倒くさい。

でも、こういうところが仙台さんらしいと思う。

「宮城。今日はルームメイト一日目記念ってことでさ、一緒に行こうよ」

譲る気がまったくない仙台さんがにこやかに言う。

でも、私は、記念、という言葉は好きじゃない。勝手に記念日なんてものを作られても困る。

「今日は普通の日だから」

「まあ、普通の日でもいいけど、普通の日だってコンビニくらい一緒に行くでしょ」

「……そうだけど」

仙台さんに逃げ道を塞がれ、言葉に詰まる。

こうなってくると、一緒にコンビニへ行くくらいのことを拒み続けている私が酷《ひど》く悪い人間のように思えてくる。

「じゃあ、決まりね。一度部屋に戻りたいから待ってて」

そう言うと仙台さんが、自分の部屋へ戻っていく。

本当に彼女は強引だ。

高校を卒業しても、私の答えを勝手に決める。

ふう、と息を吐く。

新しい生活には不安がついて回っているけれど、相変わらずの仙台さんに少しほっとする。彼女と上手《うま》く暮らせるかわからないが、高校生だったときくらいの日常を過ごしたいとは思う。

――自信はないけれど。

私は自分の部屋から鞄を持ってくる。

そして、共用スペースで、新しい自分の部屋のドアに手を当てる。

「行ってきます」

小さく呟《つぶや》いて、仙台さんを待つべく彼女が選んだ椅子に座った。

富士見ファンタジア文庫

週《しゅう》に一度《いちど》クラスメイトを買《か》う話《はなし》5

～ふたりの秘密《ひみつ》は一《ひと》つ屋根《やね》の下《した》～

令和６年10月20日　初版発行
令和７年４月５日　３版発行

著者――羽田宇佐《はねだうさ》

発行者――山下直久
発　行――株式会社KADOKAWA
〒102-8177
東京都千代田区富士見2-13-3
0570-002-301（ナビダイヤル）
印刷所――株式会社KADOKAWA
製本所――株式会社KADOKAWA

ISBN978-4-04-075527-4　C0193　◆◇◇

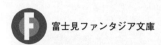

『今日は帰らない』
そんなメッセージで止まった関係。
いつだって足りない勇気は、
私に逃げることで時間を稼がせる。
早く帰った方がいい。
けど、今日も帰りたくない。
……私がいない今日を、
彼女はどう過ごしたのだろう？

次回予告

週に一度
クラスメイトを
買う話
6巻

2025年
春発売予定

これは世界を救う

久遠崎彩禍。三〇〇時間に一度、滅亡の危機を迎える世界を救い続けてきた最強の魔女。そして──玖珂無色に身体と力を引き継ぎ、死んでしまった初恋の少女。

無色は彩禍として誰にもバレないよう学園に通うことになるのだが……油断すると男性に戻ってしまうため、女性からのキスが必要不可欠で!?

シン世代ボーイ・ミーツ・ガール!

王様のプロポーズ

1

King Propose

橘公司
Koushi Tachibana

[イラスト]──つなこ

最強の初恋
シリーズ
好評発売中!
ファンタジア文庫

切り拓け！キミだけの王道
ファンタジア大賞
原稿募集中！
賞金
《大賞》300万円
《金賞》50万円
《銀賞》30万円
選考委員
細音啓「キミと僕の最後の戦場、あるいは世界が始まる聖戦」
橘公司「デート・ア・ライブ」
羊太郎「ロクでなし魔術講師と禁忌教典《アカシックレコード》」
ファンタジア文庫編集長
前期締切 8月末日
後期締切 2月末日
公式サイトはこちら！ https://www.fantasiataisho.com/
イラスト／つなこ、猫鍋蒼、三嶋くろね